Florian Leitgeb

Der Tempel des Eislöwen

und andere phantastische Erzählungen

für Helena Eleonora Callisto

die den Eislöwen träumte

Inhalt

Herstellung und Verlag:
BoD - Books on Demand, Norderstedt
ISBN 978-3-7519-9828-4

Prolog

Ich habe mich oft gefragt, woher meine Sehnsucht nach der Ferne wohl kommen möge. Der Umstand, dass mein Zuhause bis heute stets dort ist, wo gerade mein Bett steht – ganz nach dem alten Spruch *Ubi bene ibi patria* -, machte mich auch abseits meiner Siedlungsgewohnheiten schon bald zu einem äußerst situationselastischen Menschen. Geradezu eine Unfähigkeit zum Patriotismus und zur Heimatverbundenheit im klassischen Sinn, die seltsamerweise dazu führte, dass ich eben jene Heimat mit den staunenden Augen eines Touristen betrachten konnte. Und daraus wiederum erwuchs eine neue – andere Form von Heimatliebe. Neutraler vielleicht, kritischer. Schritt für Schritt tastete ich mich in meine eigene Vergangenheit vor und fand markante Punkte an den seltsamsten Stellen. Der älteste Punkt schien mir der Zaun zu sein. Irgendwann zwischen 1980 und 1983 im Süden meiner Geburtsstadt. Dort werde ich beginnen:

Das Wohnhaus, in dem ich die ersten fünf Jahre meines Lebens verbrachte, hatte vier Stockwerke; und wir wohnten im dritten. Ich erinnere mich daran, dass die Thujenhecke, die eine kleine Grünfläche vor dem Haus umschloss, an der Hinterseite nahe der Hauswand eine Lücke hatte. Wenn ich dort durch den Zaun lugte, sah ich einen Meter unter mir einen Weg, der zwischen Sträuchern verschwand. Ich wusste weder, wo dieser Weg hinführt, noch ging ich ihn jemals. Das war für mich der Rand der Welt. Etwas Geheimnisvolles, Unbekanntes. Obschon ich damals bereits wusste, dass es natürlich weiter geht, dass es Urlaubsländer wie Italien oder Griechenland gibt, dass die Großeltern weiter entfernt wohnten, als dieser Zaun vermutlich führte, waren dieser Weg hinter dem Zaun und sein unbekanntes Ende jenes große Geheimnis, das eben den Rand der Welt symbolisierte.

Überhaupt war mein Leben von Anbeginn an voller Abenteuer. Der langfransige, rote Teppich im Wohnzimmer war ein Lavasee und die Couchsessel, die darauf standen, waren Felsen, auf denen man - umringt von blubberndflüssigem, rotem Gestein - Schutz vor bösen Geistern finden konnte. Seltsam, dass die Lava nie eine Gefahr für mich darstellte.

Wenige Jahre später zogen wir in das Siegfried-Haus auf dem Berg und „Heil dir Sonne, Heil dir Licht! Heil dir, leuchtender Tag!" wurde mein täglicher Begleiter. Die Orte, an denen Abenteuer zu finden waren, stiegen exorbitant an: der Wald mit den Felsen, die einer alten Festung glichen, die ganz gewiss vor Urzeiten von Riesen oder von Orks erbaut worden war. Die Sandsteinhöhlen, deren Verlauf ich auch heute noch aus dem Gedächtnis zeichnen kann, als wäre ich erst gestern dort gewesen und deren Zugang von dichten Dornen verborgen gehalten wurde. Der Keller, der so alt und modrig war, dass dort mit Sicherheit mehrere Vampire lebten und mindestens ein

Ghul unschuldige Passanten als Nahrungsreserve für sich und die Blutsauger gefangen hielt – so viel war sicher! Dass da nur Spinnen und Kellerasseln hausten war lediglich ein Beweis dafür, dass ich den Geheimgang zur Gruft noch nicht gefunden hatte. Und die Pizzeria am Eck, deren Wirt zwar nett war (ich bekam immer einen Lutscher geschenkt, wenn wir dort aßen), aber immer so ein grimmiges Gesicht machte, dass er ohne jeden Zweifel eigentlich ein Mafiapate sein musste.

Dann kam die Schulzeit und ich entdeckte bei meiner Großmutter die alte Weltkarte. Natürlich kannte ich bereits diverse Weltkarten. Ich hatte auch einen Globus in meinem Zimmer stehen, aber diese Karte war anders. Die topographische Ausführung schien viel plastischer und dreidimensionaler, als bei anderen Karten. Die Beschriftung war gänzlich auf Französisch und die unzähligen Inseln im Norden von Kanada schienen mir exakt jener Ort zu sein, an dem man zwischen Eisschollen und schroffen Felsklippen hindurch in das Innere der Erde segeln konnte. Ich war gerade einmal acht Jahre alt, als ich beschloss, ein großes Holzfloß zu bauen, mit einem Fahrrad-Paddel-Antrieb und einem wetterfesten Unterstand für Lebensmittel. Damit wollte ich über den Atlantik reisen und in die unbekannten Eisregionen vorstoßen, die in das Burroughs'sche Land, das die Zeit vergessen hatte, führten. Ich berechnete, wie lange ich etwa weg sein würde, aber meine Eltern erlaubten weder den Bau des Floßes, noch die Expedition selbst. Äußerst unverständlich!

Trotz dieses herben Rückschlags verlor ich dennoch nicht den Mut und sattelte auf Festlandarchäologie um. Ich erforschte die unendlichen Sandwüsten des Spielplatzes und fand dort tatsächlich Spuren einer früheren, untergegangenen Zivilisation, die bereits mit der Herstellung von Zigarettenstummeln und Kronkorken vertraut war. Diverse Federn und Kleintierknochen in der näheren Umgebung ließen mich darauf schließen, dass diese untergegangene Kultur kulinarisch gesehen nicht von der vegetarischen Sorte war. Meine Forschungsergebnisse hielt ich detailliert in Malbüchern fest.

Ich bekam ein Fernrohr geschenkt und entdeckte damit auf dem Dach sitzend die vier größten Monde des Jupiters – Ganymed, Kallisto, Io und Europa. Ich las neben Burroughs natürlich auch Jules Verne und war überzeugt, dass es sich dabei um Tatsachenberichte in Romanform handeln musste.

Dann wurde ich erwachsen.

Die Ferne, die mich bis heute in unregelmäßigen Abständen ruft, wurde aber auch von anderen Mitgliedern meiner Familie immer wieder erhört.

Onkel Wilhelm zum Beispiel: Da mein Vater früh verstorben war und ich mit meiner Mutter Klara allein lebte, war mir Onkel Willi immer ein väterlicher Freund und Mentor.

Er erzählte oft von seinen Abenteuern, die er als junger Mann erlebt hatte. Wir Kinder saßen dann mit weit aufgerissenen Augen und Mündern im Halbkreis vor ihm auf dem Boden und lauschten den Geschichten von fernen Ländern und geheimen Bekanntschaften, die er auf seinen Reisen gemacht hatte. Und die Geschichten, die er selbst als Kind gehört hatte, waren noch phantastischer.

Bis ins 19. Jahrhundert reichen das Fernweh und die beständige Suche nach Abenteuern in meiner Familie zurück.

Alles begann mit meinem Ur-ur-großvater Wilhelm Schleh. Er wurde 1871 in Wien geboren. Seine Eltern, Friedrich und Eva (geborene Jarlson) kamen aus dem deutschen Pforzheim und hatten sich Mitte der 1800er Jahre in der Hauptstadt der Donaumonarchie niedergelassen. Wilhelm starb im Morgengrauen des Zweiten Weltkriegs mit 65 Jahren.

Sein Sohn Harald kam 1900 ebenfalls in Wien zur Welt. Die Wirren des Ersten Weltkriegs verschlugen ihn nach Frankreich, wo er seine spätere Frau Babette kennenlernte. Leider kann ich mich an meinen Urgroßvater nicht mehr wirklich erinnern. Als ich drei Jahre alt war, schlief er für immer ein.

Großvater Egon wurde 1929 im oberösterreichischen Linz geboren. Er heiratete die Richterstochter Erika Nagl aus Gmunden. Meine Mutter Klara kam dann 1960 zur Welt und vier Jahre später folgte mein Onkel Wilhelm. Mama war eine echte Hippiebraut und wurde mit 17 Jahren bereits schwanger - mit mir. Ich erbte das Gen der Abenteurer und konnte es auch erfolgreich an meine Nachkommen weiterreichen. Ich bin voll der Hoffnung, dass dereinst jemand aus meiner Familie den Forschergeist in die Unendlichkeit hinaustragen wird, denn es gibt immer etwas zu entdecken, immer neue Sichtweisen. Und lange Vergessenes kann wieder neu gefunden werden.

Darum lautet das Motto meiner Familie:

Im Hafen sind Schiffe am besten aufgehoben, aber dafür wurden sie nicht gebaut.

John Augustus Shedd (1859 – 1928)

Dies – und vermutlich noch viel mehr – scheinen mir die Auslöser für meine Rastlosigkeit und mein Fernweh zu sein.

Tristan Schleh,
im Dezember 2018

Der letzte Mann vom Mond

Ich möchte euch von einem Abenteuer erzählen, das mir vor vielen Jahren wiederfuhr und dem ich nur mit knapper Not entkommen konnte.

Es war im Jahr 18xx, kurz vor meinem 24. Geburtstag. Ich hatte bereits mein gesamtes Leben im Hause meiner Eltern in Alt-Hietzing gelebt, nur wenige Gehminuten von des Kaisers Sommerresidenz entfernt. Wenn ich auf die alte Platane im Garten kletterte, konnte ich sogar hinüber bis zu den hohen Herrschaften schauen. Meine Eltern hielten nicht viel von meiner Begeisterung, obgleich die Großeltern mütterlicherseits große Verfechter der Monarchie gewesen waren. Vater war Goldschmied und hatte mit Mutter vor meiner Geburt seine Heimatstadt Pforzheim verlassen um in Wien ein eigenes Geschäft zu eröffnen. Er war geschickt und hatte bald gute Kundschaft. Er liebte die Antike; die alten Griechen und Römer, die Philosophen und Denker, die Sagen und Legenden. Mutter kam aus einer Beamtenfamilie. Großvater war Richter gewesen und die Hochzeit meiner Eltern erschien damals als „nicht ganz standesgemäß" – vielleicht sogar revolutionär. Dann wurde ich geboren und zwei Jahre später meine liebe Schwester Madita. Die Familie bemühte sich stets, dass ich es einmal besser haben sollte als meine Eltern und so schrieb ich mich als Student an der Universität ein. Mit meinem Studium der Juristerei kam ich mehr oder weniger gut voran und in meiner Freizeit widmete ich mich – dank meinem Onkel – den masonischen Mysterien und auch der Astronomie. Letztere war auch der Grund, weshalb ich meiner Schwester schon lange vorgeschwärmt hatte, ich würde gerne mit einem Teleskop den Mond erforschen. Die gute Seele, die sie nun einmal war, kaufte sogleich bei einem Trödler ein altes Messingfernrohr samt hölzernem Stativ, packte es hübsch ein und überreichte es mir freudestrahlend an meinem Geburtstag. Wie herzlich küsste und umarmte ich sie! Ihr fliederfarbenes Kleid schien ihre blonden Locken wie ein Schiff auf weiten Wogen zu tragen als ich sie hochhob und wir uns vor Freude im Kreise drehten. Die übrige Gesellschaft zu meinem Ehrentag, bestehend aus mir mehr oder weniger unbekannten Freunden der Familie, meinen lieben Eltern, dem Onkel und der Großmutter, sowie meinem Kameraden Hans, ließ ich nahezu ohne Beachtung und redete nur noch über unseren nahen und doch so unnahbaren Trabanten. Die Nacht schien sich an diesem Jubeltag extra Zeit zu lassen und der Mond, der im Zunehmen begriffen war, erklomm nur langsam das nächtliche Firmament. Begeistert erzählte ich den Gästen von meinen Vorstellungen das Fernrohr betreffend. Bald schon schweifte ich zur Seefahrt und allgemein zum Thema Abenteuer ab. Leider erntete ich meist nur mildes Lächeln. Nur mein Onkel nahm mich ernst. In einem ruhigen Moment nahm er mich zur Seite und meinte:

„Junge, ich verstehe dich. Wenn ich nicht schon so ein alter Tölpel wäre, würde ich auch liebend gerne Abenteuer erleben. Was hält dich zurück? Lass mich dir eine kleine Geschichte erzählen:

Einst kam ein junger Wanderer auf eine Lichtung im Wald. Am Rande dieser Lichtung lag, auf einer Liane balancierend, ein großer Affe im Geäst und sonnte sich. Der Wanderer ging zu ihm und sagte: ‚Werter Meister Hanuman, darf ich Euch eine Frage stellen?' Der Affe öffnete ein Auge einen Spalt breit und blinzelte zu seinem unerwarteten Besucher hinunter. ‚Das ist bereits eine Frage gewesen, junges Menschlein!' grummelte er. ‚Ach bitte, sagt mir doch, wie Ihr auf einem so dünnen Seil liegen könnt! Ich selbst kann mehr recht als schlecht über ein Seil gehen, jedoch darauf liegend in der Sonne zu dösen, hätte die Folge, dass ich hinabfiele! Wie macht Ihr das?' Meister Hanuman erhob sich und ließ sich, mit einem Fuß die Liane greifend, kopfüber auf Augenhöhe zu dem Wanderer hinab. ‚Ganz einfach,' sprach er ‚mir ist das Sonnenbad wichtiger, als die Furcht zu fallen!'"

So sprach mein Onkel. Und ich sog seine Weisheit auf wie ein Schwamm. Sogleich entschuldigte ich mich höflich bei meiner Familie, stellte das Fernrohr im Obergeschoss an meinem Fenster auf und lugte hindurch. Was für ein Anblick! Der Mond schien einem Opal gleich zu flimmern und an der Schattengrenze erkannte ich den feinen, fließenden Übergang von Licht zu Dunkelheit. Unzählige Krater hatten die Oberfläche des Gestirns aufgerissen und mit zahllosen Narben übersäht.

„Bruderherz, lass mich auch einmal durchschauen!", rief mir mein Schwesterlein von hinten zu und wollte mich liebevoll zur Seite drängen. In dem Gerangel stürzte das Fernrohr um und ein Bein des Stativs brach entzwei.

„Du Tollpatsch!", rief ich. „Kannst du nicht aufpassen? Wenn du mir mein Geschenk nicht gönnst, so schenk es mir nicht!"

Madita fiel auf die Knie und versuchte, das Holzbein wieder an den Rest anzustecken, als sie mir erstaunt ein Stück zusammengerolltes Papier reichte.

„Schau, was ich in dem Bein gefunden habe. So war meine Ungeschicklichkeit vielleicht doch für etwas gut." Ich entrollte das Papier und las erstaunt Zahlen und Buchstaben *49,2xxN20,7xxE*, die offenbar Koordinaten darstellten. Der Rest war in einer mir unbekannten Sprache verfasst. Alles hastig geschrieben und mit Flecken übersäht. Meine Schwester entschuldigte sich weiterhin ausschweifend und gründlich, doch ich hörte sie nicht mehr.

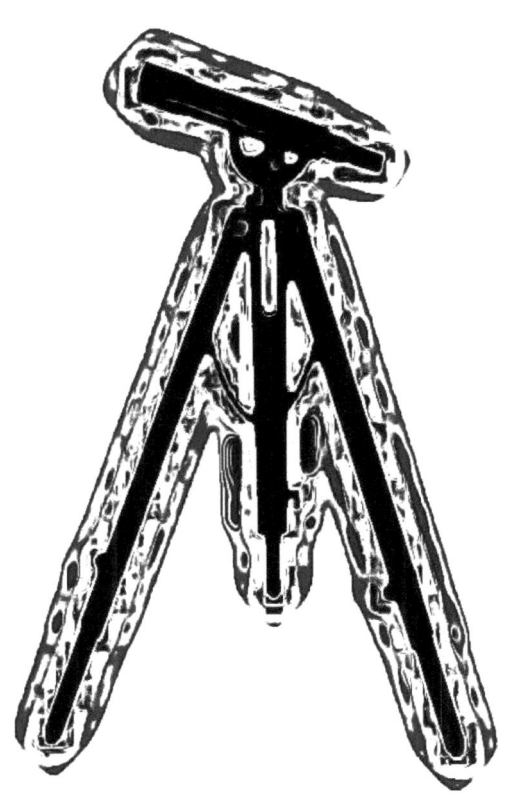

Ich war zu aufgeregt. Sogleich setzte ich mich an meinen Schreibtisch, holte diverse Karten und den Atlanten hervor und suchte die entsprechende Gegend ab. Das angegebene Ziel führte in den Nordosten unserer schönen Habsburgermonarchie, in das unwegsame Tatra Gebirge zwischen Krakau und Kaschau. Ich drehte mich zu Madita um und mit leuchtenden Augen verkündete ich:

„Mein liebes Schwesterlein! Das ist das beste Geschenk, das ich jemals erhalten habe! Ich denke, ich sollte an diesen Punkt reisen und nachsehen, was dort ist. Ein Abenteuer auf jeden Fall! Sag Albrecht, er soll in Erfahrung bringen, wie viel eine Reise nach Krakau kostet. Und sag Mutter nichts! Ihr wird immer gleich angst und bang. Und wenn Vater fragt … aber nein. Er wird nicht fragen. Also los! Spute dich. Ich habe eine Reisetasche zu packen."

Im gleichen Augenblick, da Madita mein Zimmer verlassen hatte, kam Hans herein.

„Deine Eltern fragen bereits nach dir, mein Freund. Du solltest nicht so ein Egoist sein. Sie haben es auch so schon schwer genug mit dir! Also spring über deinen Schatten, auch wenn es dein Geburtstag ist! Was tust du da überhaupt?"

Hans war mein bester Freund seit frühen Kindertagen, Kommilitone und Bruder im Geiste. Auch wenn uns manche Meinung trennte, schätzte ich ihn gerade deshalb umso mehr. Ich zeigte ihm das Papier mit den Koordinaten und die entsprechende Region auf der Karte. Skeptisch meinte er, ich sei verrückt, auf solch wackeligen Hinweisen ein Abenteuer aufzubauen. Immerhin habe es zu Lebzeiten seines Großvaters dort noch Vampyre gegeben und heutzutage wimmle es in den Wäldern vor lauter Wölfen, Bären und Räuberbanden. Ich konterte nüchtern mit van Swieten und nannte ihn einen Hasenfuß. Bei den Damen Possen reißen und wenn es ernst wird, hinter den Kamin kriechen. Dies konnte mein teurer Freund natürlich nicht auf sich sitzen lassen und sprach:

„Also erstens läuft ohne die holden Weiber diese ganze Chose nicht, denn wer würde uns sonst gebären? Und zweitens komme ich mit. *Idem velle et idem nolle, ea est amicitia*!"

So trat ich noch am gleichen Abend vor meinen Vater. Seine Bibliothek – sein Arbeitszimmer – war ein Hort des Wissens und der Perfektion. Nach Nordwesten gelegen, die Fenster im Norden, sodass das Sonnenlicht stets nur indirekt wirken konnte. Der Geruch von Sandelholz und Pfeifentabak lag in der Luft und die Strenge des Vaters, die auch voller Gerechtigkeit war, verlieh dem Raum zusätzliche Würde. Hier spielten wir Kinder nicht. Hier suchten wir nicht schnellen Trost bei aufgeschundenen Knien oder verletzter Kinderseele. Dafür war die Herzensgüte und liebevolle Wärme der Mutter zuständig. In den heiligen Hallen des Vaters wurde lehrend getadelt und erst in den Jahren der Pubertät bürgerte es sich ein, dass ich zum Vater trat, um seinen Rat zu suchen. Der Weg in die Bibliothek wandelte sich damals von Canossa zu Delphi.

Hier also erkannte ich ihm, dass ich mit Hans verreisen müsse. Den wahren Grund der Reise wollte ich jedoch nicht verraten. Also sagte ich, wir wollten nach Pressburg, da die Brüder der dortigen Loge unserer Hilfe bedurften. Das genügte ihm als Begründung. Bevor es jedoch losgehen konnte, wollte ich noch ein wenig mehr über diese Notiz in Erfahrung bringen und suchte daher am nächsten Tag den Trödler auf, bei dem Madita mein Geschenk gekauft hatte. Laut meiner Schwester hatte Herr Abraham Eckstein seinen Laden zwischen der Staatsoper und dem Palais Lobkowitz. Ich fuhr mit der Stadtbahn hinein bis zur Haltestelle Academiestraße. Von dort lief ich quer durch zur Oper. Wie ein kleiner Junge grinste ich übers ganze Gesicht und verlor fast meinen Hut! Ganz außer Atem fand ich den Trödlerladen und darin den Herrn Eckstein. Als ich ihm erzählte, was mit seinem Fernrohr geschehen sei, wollte er sogleich die Notiz sehen. Ich reichte sie ihm und seine Augengläser richtend murmelte er leise vor sich hin.

„Und? Was können Sie mir darüber sagen?"

„Das is' a sehr seltsame Fügung des Schicksals, mein Junge!", meinte Eckstein. „Mein lieber Herr Großvater hat mir amal von solche G'schichten erzählt. Karten zu geheimen Orten. Wunder und Rätsel. Aber wenn du einen Rat haben willst, mein Junge, dann sag ich dir das Gleiche,

was mir mein Herr Großvater gesagt hat: Nicht immer is'
a Mezzier auch ein Massel!"[1]

Das half mir nicht weiter und so beharrte ich auf meinem
Vorhaben. Herr Eckstein konnte die Schrift ebenso wenig
übersetzen, jedoch vermutete er, dass es sich um eine Art
Passierschein handeln könnte, oder ein Reisedokument
aus dem fernen Orient. Seine Vermutung leitete er von
dem Wort *Lojmit* ab.

„Des könnte das Wort für ‚Tor' oder ‚Portal' sein. Is' a sehr
alte Sprache von einer Kriegerkaste. Der Mann meiner
Cousine, der Jorim, hat mir amal davon erzählt. Er is' viel
im fernen Orient herumgekommen. Das Wort da schaut
genauso aus."

Ein orientalischer Reisepass also. Doch warum waren da
Koordinaten darauf? Die Sache blieb spannend. Noch vor
Mittag nahmen Hans und ich eine Droschke zum Bahnhof.
Der Weg nach Krakau war beschwerlich, doch noch be-
schwerlicher jener von dort aus Richtung Süden bis an den
Punkt, den ich suchte. Auf meinen Karten schienen die
beiden Orte so nahe beieinander zu liegen, aber in Wirk-
lichkeit lag ein ganzes Gebirge dazwischen! In Neymarkt
hielten wir Kriegsrat und beschlossen, die Tatra-Berge öst-
lich zu umgehen und in deren südlichen Ausläufern wei-
terzusuchen. Wir folgten der Bialka, einem breiten, wild-

---

[1] Mezzie(r): jidd. Okkasion, Schnäppchen; von מציאה (YIVO: metsie)
‚Fund, Rarität.
Massel: jidd. Glück; von מזל (YIVO: mazl) Glück

romantischen Gebirgsfluss stromaufwärts bis in die Nähe seiner Quelle. Forellen begleiteten uns in ihrem weißen Flussbett und geschützt durch das eiskalte, saphirfarbene Wasser. Stets im Blick thronte vor uns das Tatra-Gebirge einer mittelalterlichen Feste gleich am Horizont. Kurz hinter dem Dörfchen Jurgow gelangten wir zu einer Flussgabelung. In kleinen, aber machtvoll rauschenden Katerakten kämpften die zwei Flüsse um die Vorherrschaft. wir folgten dem östlichen weiter Richtung Süden.

Straßen wurden zu Wegen, Wege wurden zu Pfaden. Seltener und seltener trafen wir auf Gasthäuser. Die Wälder wurden dichter und dunkler. Fichten und Tannen lösten die Ahornbäume ab. Ringdrosseln und Tannenhäher musizierten für uns. Je näher wir dem Gebirge kamen, desto öfter konnten wir hie und da die Silhouette eines Adlers vor dem hellblauen Himmelshintergrund erkennen. Die wilde, ungezügelte Schönheit der Natur ließ uns demütig werden und erinnerte uns daran, dass der Mensch, der sich selbst gerne als Krone der Schöpfung sieht, doch nur ein kleiner Teil der unendlichen Vielfalt des Lebens ist. Als wir die Gerlachspitze, einen markanten Berg in dieser Gegend, erreichten, wussten wir, dass unser Ziel nicht mehr fern sein konnte. Die Tatra ist ein Ausläufer der Karparten. Aus diesem Grund fielen mir Hans' Bedenken wegen der Vampyre ein. An diesem Abend erzählte ich ihm daher aus Jux folgendes Märchen:

Der Vampir von Bagdad

Es war einmal in Bagdad, der schönsten und farbenfrohsten Stadt des Morgenlandes, dass ein Bote aus dem fernen Stanbul zum Kalifen kam. Er kniete nieder und sprach: „Hochehrwürdiger Kalif! Weisester unter den Weisen! Mein Herr, der gütige Sultan, bittet Euch um Hilfe. Unser Reich wird von fremden Mächten bedroht und mein Herr benötigt Euer tapferes Heer, um dem drohenden Ansturm zu widerstehen."

Der Kalif schickte nach seinem Heerführer, Prinz Ali Ben Azul, der sein Mündel war und den er wie einen Sohn liebte. Er befahl ihm, mit 10.000 Kriegern nach Stanbul zu reiten und dem Sultan zu helfen. Und so wählte Prinz Ali seine tapfersten Männer und die schnellsten Pferde und tat, wie ihm geheißen. Bevor er aus den Toren der Stadt ritt, nahm er Prinzessin Nefertari, des Kalifen jüngste Tochter, in den Arm, denn er liebte sie sehr. Ihr Haar war schwarz wie Ebenholz und ihre Augen waren Turmaline, die in der Sonne strahlten. Er küsste ihre Stirn und sagte: „Meine Liebste, sei ohne Furcht, denn müsste ich die Dämonen der Unterwelt selbst bekämpfen, ich käme immer wieder zu dir zurück, denn du bist mein Leben und ich kann ohne dich nicht sein!" Damit ritt er fort und Prinzessin Nefertari stand so lange auf ihrem Balkon, bis der letzte Mann hinter dem Horizont verschwunden war.

Die Tage vergingen. Das Leben in Bagdad nahm wie eh und je seinen gewohnten Lauf. Die Wochen wurden zu Monaten und die Wintersonnenwende nahte, als am Horizont das Heer erneut erschien. Mit hängenden Köpfen, zerschlissenen Standarten und von Blut verklebten Rüstungen zogen sie in ihre Heimatstadt ein. Obschon sie siegreich gewesen waren, begrüßte sie doch kein Jubel. Kein Lachen drang über ihre Lippen. Der Kalif stürzte aus seinem Palast, den Männern entgegen. Mit ihm war seine jüngste Tochter, Prinzessin Nefertari, die den Prinzen Ali sehr liebte und die ihn voll Sehnsucht wiederzusehen wünschte. Doch dieser war nirgendwo zu sehen.

„Wo ist euer Heerführer?" fragte der Kalif, aber das Heer war ohne ihn zurückgekehrt. Ein Soldat sprang vom Pferd, fiel vor dem Kalifen auf die Knie und sprach mit gebrochener Stimme: „Mein lieber Kalif, Gerechtester aller Gerechten! Hört, was geschehen ist! Schickt nach Euren mächtigsten Zauberern, denn ein Fluch liegt auf uns, seit wir siegreich aus der Ferne wiederkehrten. Obgleich wir siegreich waren, fiel Prinz Ali voller Ehre in der Schlacht. Doch lasst mich Euch von Anbeginn berichten." Man reichte ihm Datteln und Wein und der Soldat begann:

„Der Sultan von Stanbul war froh um die rasche Hilfe und sandte Prinz Ali mit unseren Truppen über das Meer gen Norden, um den Feind aufzuhalten. Nach wenigen Tagen landete die Flotte im Hafen von Varna und das Heer zog gen Norden. Bald schon standen wir vor schier unendlichen Wäldern, deren Bäume so dicht standen, dass ein geregeltes Vorwärtskommen nahezu unmöglich schien. Baum an Baum stand dicht wie Palisaden rings um uns und das Unterholz reichte den Rössern an die Schultern. Die Tage vergingen und es wurde kälter und kälter. Der Regen drang durch unsere Kleider und die Soldaten froren bitter. Wölfe griffen die Pferde bei Nacht an und auch viele tapfere Männer ließen ihr Leben, ohne auch nur einen Feind vor die Klinge bekommen zu haben. Das Land stieg stetig an und wurde zunehmend felsiger und nach vielen Tagen voller Strapazen kam das Heer an den Fuß eines mächtigen Gebirges. Der Wind heulte mit den Wölfen um die Wette und den Männern wurde mulmig zumute. Späher berichteten von einer Stadt hoch in den Bergen und einem mächtigen Schloss, in dem der Fürst jenes Landes residierte und von wo aus dieser seine Armee befehligte.

Durch Schluchten und enge Täler zog Prinz Ali mit dem Heer und tausend Augen schienen uns von den hohen Felsen herab zu beobachten. Am Fuß eines Passes, den die Einheimischen Borgo-Pass nennen, trafen wir dann endlich auf den Feind! Ein wilder, berserkerhafter Haufen von Zigeunern waren sie; bis an die Zähne bewaffnet und in dicke Pelzmäntel gekleidet, durch die kein Pfeil dringen wollte. Sie fielen wilden Tieren gleich von den Felsen herab auf unsere Krieger ein und bald schon war der felsige Boden vom Blut unserer Feinde getränkt.

Im Kampfesgetümmel erblickte Prinz Ali auf einer Felszinne den feindlichen Bojaren! Auf einem schwarzen Rappen beobachtete er das Geschehen. Prinz Ali hob seinen Säbel und rief: ‚Bei Allah, dem Allmächtigen! Wenn du genug Mut hast, dann komm herunter und stell dich mir im gerechten Zweikampf!' Der Bojar lachte nur, wendete sein Pferd und ritt davon. Die Kampfeslust kochte in Prinz Alis Herz und so nahm er die zehn Männer seiner Leibgarde, dem Fürsten nachzureiten und ihn zu stellen.

Als die Schlacht vorbei und die Barbaren geschlagen waren, ritten wir dem Prinzen nach. Den Weg zum Schloss jenes Bojaren fanden wir ohne Mühen, denn der Weg dorthin war gesäumt von den gepfählten Körpern anderer Heere, die zuvor versucht hatten, bis hierher vorzudringen. Von Aasvögeln zerfressen und faulig warnten sie uns, nicht einen Schritt weiter zu gehen! Es war ein fürchterlicher Anblick und kein gerechter Herrscher, sei es auch der schlimmste Feind, wäre hierzulande zu solchesgleichem fähig!

Das Schloss selbst stand auf einem einsamen Felsen, von tiefen Schluchten umgeben, an deren Fuß ein wilder Fluss toste. An seinen Gestaden fanden wir die zerschlagenen Körper der Leibwache des Prinzen. Selbst die stolzen Pferde der Garde verwesten in dieser unwirklichen Landschaft. Unter den Kadavern fanden wir Prinz Alis Schild und seinen Säbel. So zogen wir voll Gram zurück und brachen direkt gen Bagdad auf, da wir voll der Schande nicht wagten, dem Sultan von Stanbul unter die Augen zu treten. Auf dem Heimweg umfiel uns eine seltsame Krankheit. Ob gesunder Mann oder verwundeter, die Seuche raffte viele von uns dahin und die wenigen Ärzte, die wir noch unter uns wussten, waren ratlos. Die Männer glauben daher, sie seien verflucht worden, und so bitte ich Euch, gütiger Kalif, helft uns, damit wir wieder in Frieden schlafen können!"

Die Prinzessin weinte bitterlich, als sie hörte, was passiert war. Der Kalif war bleich vor Erschütterung und sprach den tapferen Kriegern Mut zu. Ärzte und Alchemisten, Sterndeuter und Zauberer wurden zurate gezogen, doch schon am nächsten Tag verstarb der erste Bürger Bagdads an der seltsamen Seuche.

Der erste Vollmond nach der Wintersonnenwende stand hoch über der schlafenden Stadt. Ein unheiliger Nebel zog still durch die Gassen, kroch durch Ritzen und Spalten in die Häuser. Ein Geruch von Moder erfüllte die Menschen mit Angst. Prinzessin Nefertari jedoch schlief in ihrem Gemach im obersten Turm des Palastes, als sie plötzlich aufschreckte. Ein kalter Windhauch von ihrem offenen Balkon hatte ihren Schlaf beendet. Sie erschrak, denn in der Balkontür stand, von Mondlicht umspielt, eine Gestalt. Die Prinzessin wollte eben nach den Wachen rufen, da erkannte sie im fahlen Licht den Prinzen Ali.

„Oh Liebster!" rief sie, „Du lebst! Fast schon wollte mein Herz vor Trauer zerspringen, denn alle Welt hielt dich für tot! Komm zu mir und lass mich dich in meine Arme schließen!"

Da trat Prinz Ali ein, schritt zu seiner geliebten Nefertari und umarmte sie. Sie küsste ihn, doch seine Haut war kalt wie Marmor.

Die Prinzessin erschrak abermals, doch Prinz Ali flüsterte: „Sei ohne Furcht, meine Blume! Allein die Liebe zu dir ließ mich den weiten Weg aus fremder Ferne zu dir kommen, denn meine Seele kann niemals ruhen ohne dich!"

So standen sie im Mondlicht. Als dann der Morgen graute und die Sonne ihren ewigen Weg über das Firmament begann, kamen die Dienerinnen der Prinzessin in ihr Gemach, sie zu wecken. Doch schrecklich war, was sie erblickten!

Am Boden lag Prinzessin Nefertari. Ihre Haut schimmerte weiß wie Schnee und kein Funken Leben war in ihr. Als der Kalif weinend seine Tochter in die Arme schloss, rieselte Asche von ihrem zarten, leblosen Körper. In ihrer Hand hielt sie noch immer den Siegelring des Prinzen Ali Ben Azul, den sie bis über den Tod hinaus geliebt hatte.

Da ward der Nebel verschwunden und das Leben zog erneut in Bagdad ein. Nur der Kalif trauerte von diesem Tage an bis zu seinem Tode. Prinzessin Nefertari hingegen war mit ihrem Prinzen Ali in Ewigkeit vereint.

Seltsam, aber so steht es geschrieben.

Hans konnte in dieser Nacht kein Auge schließen und ich musste ihm versprechen, derartige Geschichten in Zukunft für mich zu behalten. Wir standen also an der Südflanke der Hohen Tatra. Von nun an schweifte mein Blick genauer über die Felsketten und Berge. Hans hingegen beschwerte sich, weil ihm die wenigen Mägde, denen wir begegneten, nicht hübsch genug waren und er nach Wien zurückwollte.

„Weißt du", sagte er einmal, „du bist ja ein Glückspilz in deinem Unglück. Du steckst dein Naserl in die ganzen Bücher über Philosophie und Wissenschaften und liebst seit ewig und drei Tag' die Elisabeth. Ich aber bin unglücklich in meinem Glück! Für mich gibt's so viel schönes Weibsvolk auf der Welt, dass ich gar nicht weiß, wohin mit meiner Leidenschaft. Und schlag ich a Büchl auf, so schlagt's mir die Augendeckel zu wie schwere Eisentore."

Ich überzeugte ihn, dass ein solches Abenteuer in den Herzen seiner Liebschaften mit Sicherheit ein Feuerwerk der Leidenschaft entzünden werde. Das leuchtete ihm ein und so kamen wir immer tiefer hinein in die Wildnis. Baum um Baum, Fels um Fels kämpften wir uns voran. Mit einem Ohr stets nach Wolfsgeheul horchend. Hans hatte das Jagdgewehr seines Vaters mitgenommen und während der Nachtstunden spendete es uns gemeinsam mit dem stets ausreichend gefütterten Feuer ein gewisses Maß an Sicherheit. Die Karten verzeichneten nicht ein Dorf in der

Nähe und so suchten wir tagelang die Wälder und Berge ab. Unsere Nahrungsreserven neigten sich langsam dem Ende zu, als wir an einem sonnigen Spätsommertag auf eine Lichtung stießen. Zahllose Birken verliehen der Szenerie vor unseren Augen eine weiße Grundierung. Mit dem äolischen Azur des Himmels darüber und dem saftigen Smaragd der Gräser darunter wandelte sich der Wald vor meinem geistigen Auge zu der Flagge eines exotischen Landes.

„Blau–weiß–grün. Weißt du, welches Land diese Farben trägt?", fragte ich Hans. Der schien absolut nicht das gleiche Bild vor Augen zu haben und wusste in keiner Weise, wovon ich redete. Ich erklärte ihm meine Phantasie und wir lachten herzlich darüber. Dennoch konnte sich keiner von uns an ein Land erinnern, das eine solche Flagge hatte. Während wir so dastanden und nachdachten, entdeckten wir in einer Bergflanke hinter dem Wald einen Höhleneingang.

„Das muss es sein!", rief ich aus und wir erklommen den Felsen. Vor der Höhle stehend schlug Hans vor, ob der fortgeschrittenen Nachmittagsstunde das Nachtlager unter einem nahen Felsvorsprung zu bereiten. Seiner Ansicht nach könnte ja ein Bär in der Höhle wohnen und daher bevorzugte er einen Schlafplatz unter freiem Himmel. Ich war einverstanden, wollte jedoch nicht ohne einen ersten Blick durch das Tor in die Unterwelt den Tag enden lassen. Die Laterne hoch vor mein Gesicht haltend, trat ich ins Dunkel. Wasser tropfte metronomisch von Stalaktiten und der sandige Eingangsbereich wich bald blankem Fels. So, wie man es von einem Loch im Berg erwartete. Was hatte ich gehofft zu finden? Gold? Edelsteine? Möglich. Doch nichts dergleichen fand ich. Die Enttäuschung war groß. Schon wollte ich wieder aufgeben, als der Lichtschein auf eine glatte, schwarze Wand traf. Ich trat näher und glaubte mich vor einem massiven Felsen aus Obsidian. Mehr als doppelt mannshoch und viermal so breit war die spiegelglatte Fläche vor mir. Ich trat näher, um den glatten Fels zu berühren. Doch sobald meine Finger die Oberfläche trafen, wurde ich im gleichen Atemzuge in den Fels hineingesaugt.

Taumelnd und drehend schwebte ich schwerelos in völliger Nacht. Die Laterne hatte ich verloren und ebenso meine Orientierung. Wo war oben? Wo unten? Ich konnte es nicht sagen. Panik umfing mich und gerade als ich losschreien wollte, erlangte mein Körper sein Gewicht wieder und ich schlug hart auf dem Boden auf! Doch wie hatte sich die Höhle verändert! Ich befand mich in einem sauber gemeißelten Saal. Staubig zwar, aber eindeutig von Menschenhand geschaffen. Der Obsidian war nun nicht mehr eingebettet in die Enge des Felses, sondern stand frei im Raum. Diesen schätzte ich auf circa neun Meter in Höhe und Breite, sowie mindestens zwanzig Meter in der Länge. An dem einen Ende stand ich vor dem Obsidian, am anderen erkannte ich ein offenes Tor. Ich rief, auf dass sich jemand mir zu erkennen geben möge, doch blieb mein Rufen unbeantwortet. Erst jetzt bemerkte ich, dass ich ohne Laterne sehen konnte. Die Wände schienen matt in sanftem Weiß zu glimmen. So, als ob das Licht der Sterne selbst in das Mauerwerk eingearbeitet worden wäre. Staunend und den Kopf verrenkend ging ich auf das Tor zu. Meine Schritte hallten leise und einsam. Die Torflügel hingen nur noch halb in den Angeln. Auch sie schienen aus Gestein zu bestehen. Irgendetwas oder irgendjemand hatte das Tor gerammt und war in die Halle eingedrungen. Die Staubschicht, die alles bedeckte, sagte mir, dass dies vor vielen Jahren - vielleicht sogar Jahrzehnten - geschehen sein musste. Nirgends entdeckte ich auch nur eine Menschenseele. Nicht einmal menschliche Überreste, die auf einen Kampf hingedeutet hätten. Hinter dem Tor lag ein Treppenaufgang, der sich in gleißendem Licht verlor. Mutig trat ich diesem Glanz entgegen und oben angekommen stockte mir der Atem. Zwei enorme Sphingen, ebenso wie das Portal aus Obsidian, bewachten stumm von beiden Seiten den Eingang. Ich schätzte ihre Höhe auf gut fünf Meter. Augen aus Opalglas starrten auf den Pfad zwischen ihnen. Krallen aus klarem Kristall gruben sich bedrohlich und in Erwartung eines Angriffs in den Untergrund. Ihre blanken, schwarzen Brüste glühten im Sonnenlicht und jeder Sonnenstrahl erwachte, einmal hinter der makellosen Steinhaut der dunklen Schönheiten gefangen, zu fraktalem Leben. Diese stummen Erscheinungen erboten ihrer nachgesagten hypnotischen Wirkung alle Ehre und mit offenem Mund staunend schritt ich ehrfürchtig an ihnen vorbei. Dahinter ergoss sich eine Wüste aus grauem Fels soweit das Auge blicken konnte! Rund herum nur toter Stein. Kein Baum, kein Strauch, kein Grashalm. Krater drängte sich an Krater; ja, sie überlagerten sich teilweise sogar. Und dann erkannte ich, wo ich war: Ich stand auf dem Mond! Über mir am Firmament beleuchtete die Sonne meinen Heimatplaneten so, als ob es das Normalste der Welt wäre. Noch nie zuvor hatte ein lebend' Menschenauge solche Schönheit erblickt! Wie ein gigantischer Ball aus Smaragd und Saphir, umwirkt von Wolken. Wie Meerschaum, der einst die schöne Venus gebar. So lag mein Heimatplanet vor mir. Meine Beine wurden mir weich und Tränen der Verzweiflung mischten sich mit solchen der Freude. Ich musste mich setzen. Wie konnte das nur möglich sein?

Als ich mich wieder gefasst hatte, beschloss ich, den Architekten des Bauwerks, aus dem ich getreten war, zu finden. Die Neugierde überkam mich, alles zu erforschen, da ich wohl der erste Mensch vom Planeten Erde hier war. Mein Kompass war auf unserem Erdtrabanten aufgrund des fehlenden Magnetfelds nur nutzloser Tand und so beschloss ich einfach nach rechts, in Richtung der Schattenseite des Mondes, zu gehen. Links neben mir erstreckte sich ein weiter Krater, der aus erstarrter Lava zu bestehen schien.

Er lag fast zur Gänze noch im Schatten und erst als ich einen kräftigen Sprung in die Höhe tat, sah ich inmitten des Kraters ein ebenso rundes Zentralgebirge.

Ich erinnerte mich sofort an Mädlers „Populäre Astronomie":

> „...*Das Centralgebirg, aus acht Bergköpfen bestehend und gegen 200 Fuss hoch, überragt sie alle, wird aber selbst vom Ringgebirg weit übertroffen, das an einigen Punkten des westlichen und östlichen Randes gegen 8000 Fuss, emporsteigt und im Ganzen zwischen 3500 und 5000 Fuss sich hält.*" [2]

Daher wusste ich, dass es sich um den Gassendi-Krater handeln musste und wo ich mich auf unserem Trabanten befand. Ich marschierte den ganzen Tag und kam gut voran, da ich hier nur einen Bruchteil meines Körpergewichtes hatte. Es war mir sogar möglich, Sprünge von mehreren Metern Weite zu machen. Ich versuchte, immer weiter zu springen und hatte viel Freude an dem kindlichen Spiel. Bald erreichte ich die Grenze der lichten Seite und beschloss, am Nordrand des Kraters zu rasten und meinen Rucksack nach den Resten meiner Verpflegung zu durchsuchen. Zwei Dosen Pökelfleisch, eine Flasche Wein und ein Apfel waren noch übrig. Nicht gerade viel, doch ich musste bei Kräften bleiben. So aß ich den Apfel, die Hälfte

---

[2] Johann Heinrich Mädler, Populäre Astronomie, vierte Auflage, Berlin 1852; 1 Pariser Fuß = 0,32484 m

des Dosenfleisches und spülte es mit Veltliner hinunter. Danach legte ich mich in den weichen Mondsand und versuchte zu schlafen. (Dazu muss ich angeben, dass die Temperaturen auf dem grauen Felsen erstaunlich angenehm sind. Ich vermute, weil das Sonnenlicht durch die Mondkristalle, aus denen der Sand besteht, effizienter gespeichert wird.)

Ich schlief alsbald den Schlaf der Gerechten und als ich erwachte, glaubte ich mich zunächst wieder in meinem Elternhaus in meinem eigenen Bette. Im nächsten Augenblick war ich mir jedoch meines Aufenthaltsortes wieder voll bewusst und wollte soeben weiter in den Schattenbereich hineingehen, als ich dort im Halbdunkel eine Gestalt erkannte. Es schien mir, als sei es ein Greis, der auf einen Stab gestützt langsam auf mich zuging. Ich erhob den Arm und winkte dem Alten zu:

„Heda! Gott zum Gruße! Können Sie mir den Weg zur nächsten Stadt zeigen? Ich bin neu hier auf dem Mond."

Da erst bemerkte mich der Unbekannte. Er drehte um und humpelte vor mir davon. Ich holte ihn schnell ein und meinte:

„Fürchtet Euch nicht, gnädiger Herr! Ich bin nur ein Reisender. So wartet doch!"

Ich griff ihn an seiner schwarzen Kutte und als er sich zu mir umdrehte, sah ich, dass sein Gesicht ebenso grau wie der Mond selbst war. Seine Augen blitzten trotz des Alters voller Kraft und Jugend. Ich war wenig verwundert, dass ein Bewohner des Mondes uns Menschen so ähnlich war. Immerhin gebot es die Logik, dass beispielsweise die Nase immer nahe des Mundes sein wird. Schließlich muss man riechen, was man isst. Überhaupt werden Augen, Ohren, Nase und Mund immer nahe beim Gehirn zu finden sein, da die Sinnesinformationen stets so schnell wie möglich verarbeitet werden müssen. Während ich den Alten noch so musterte, versetzte er mir mit seinem Stab einen heftigen Stoß in den Magen. Durch seinen langen, weißen Bart wisperte er:

„Wer bist du? Was willst du hier? Alle sind weg! Nur ich bin noch da! Oder sind sie etwa zurück? Doch das wäre zu spät. Viel zu spät."

Am Boden liegend und mir den schmerzenden Bauch haltend erkannte ich nun, dass der Stab einst ein mächtiger Speer gewesen sein musste und dass der vermeintliche Greis mich zum Glück mit dem stumpfen Ende und nicht mit der Spitze getroffen hatte, die trotz ihres offensichtlichen Alters noch immer scharf und tödlich war.

„Verzeiht, mein Herr! Ich will Euch nichts Böses."

„Böses? Lange schon nicht mehr… Wer bist du?"

„Mein Name ist Schleh. Wilhelm Schleh. Ich komme aus Wien. Kennen Sie das? Das ist dort", und ich zeigte mit dem Finger auf die Erde. Der Alte sah an meiner Hand entlang und starrte lange auf die blau-grüne Scheibe.

„Von dort kommst du? Das ist interessant. Ich dachte immer, dort oben wohnt niemand."

„Das dachte ich auch – vom Mond."

„Da hast du auch recht. Bis auf meine Wenigkeit wohnt hier schon lange niemand mehr.

Schon über hundert Jahre ist es her, seit ich mit einer anderen Seele sprechen konnte. Und über tausend Jahre seit dem Krieg. Dieser verfluchte Krieg! Doch ich bin unhöflich zu dir gewesen. Mein Name ist Hubal. Ehemals Großgeneral der königlichen Armee des Volkes der Tamas. Wir waren Tamas. Das Volk der dunklen Seite. Doch nun komm. Wir gehen zurück in die Schatten hinein. Dort ist es besser für mich. Und mein Haus ist auch nicht weit."

Und so folgte ich Hubal in die Nacht. Erst als wir völlig von Dunkelheit umgeben waren, erkannte ich, dass die Mondkristalle das Sternenlicht des Nachthimmels spiegelten und wir so weder Fackel noch Lampe benötigten. Ein sanftes Licht, wie das in dem Obsidiansaal, umgab uns. Nach drei Stunden erreichten wir den Rand eines großen Meteoritenkraters und stiegen hinab. Am tiefsten Punkt stand zwischen zwei natürlichen Felssäulen eine massive Tür aus Eisen.

Dahinter führten Treppen in Hubals Wohnhöhle. Wir setzten uns an einen einfachen Steintisch und mein Gastgeber reichte mir eine Schale Wasser und etwas, das mir sehr nach getrockneten Früchten aussah.

„Verzeih mir bitte, dass ich dir nicht mehr reichen kann, aber die Zeiten sind schlecht", entschuldigte sich Hubal.

Er wirkte müde und dennoch erzählte er mir seine Geschichte:

„Viele Tausend Jahre ist es her, dass die Tamas und die Bhati gemeinsam friedlich auf dem Mond wohnten. Wir, die Tamas, konnten nie ins Licht und blieben immer auf der dunklen Seite des Mondes. Die Bhati hingegen lebten im Licht und konnten in begrenztem Maße auch die Schatten betreten. Wir trieben Bergbau, förderten Erz und Kristall. Im Dunkel fühlten wir uns immer schon wohl und nur der samtene Schimmer der Kristalle konnte uns unsere Wege weisen ohne uns zu verbrennen wie die garstige Sonne es tut. Die Bhati hingegen trieben Ackerbau und versorgten beide Völker mit Nahrung. Viele Jahre gingen ins Land und die Wissenschaftler des Lichts bauten ein Portal aus Mondglas. Es erlaubte ihnen, in eine andere Welt zu reisen und von dort reichlichere und bessere Nahrung zu holen, als sie selbst sie jemals hätten anbauen können. Doch damit nicht genug. Die Bhati holten auch andere Waren und Güter von diesem geheimen Ort und schon bald waren unsere Erze, Kristalle und Werkzeuge nicht mehr gut genug für sie. Sie weigerten sich, weiter mit uns Handel zu treiben. Unser König Chandra III. war erzürnt und wollte, dass auch die Tamas durch das Portal gehen um Handel zu treiben. Doch der Herrscher der Bhati, König Soma, weigerte sich, den Standort des Portals preiszugeben. Aus Freundschaft wurde Feindschaft und so entbrannte alsbald ein erbitterter Krieg. Wir griffen die

Bhati-Städte an, wenn die Nacht über sie hereinbrach, und deren Krieger überfielen unsere Dörfer, indem sie mit großen Spiegeln das Licht über uns ergossen. Beide Seiten erlitten unzählige Verluste und das Leid überstieg den Nutzen. Die Bhati bauten große Sonnenschiffe mit Segeln aus Kristall und als sie fertig waren, ließ König Soma seinen Rivalen zu einem Gespräch laden. Dort sagte er:

,Ihr wart zu gierig und wolltet unser Portal stehlen. Wir überlassen es euch – falls ihr es finden könnt. Denn wir vermögen nun weiter zu reisen, als das Portal uns jemals zu bringen verstanden hätte. Wir reisen zu den Sternen hinauf und suchen eine neue Heimat für uns. Euch überlassen wir diesen Ort. So sei der Krieg beendet.'

So sprach er, bestieg das Flaggschiff und die Bhati verließen den Mond. Sie segelten zum hellsten Stern am Firmament und wir haben sie nie wieder gesehen. Zunächst war die Freude groß bei meinem Volk, doch dann erkannten wir die Niedertracht, mit der König Soma uns hereingelegt hatte. Ohne die Fähigkeit, im Licht zu wandeln, war es uns nicht möglich, Nahrung anzubauen. So zehrten wir lange von den Vorräten und versuchten ohne Erfolg, Pflanzen in der Dunkelheit zu ziehen. Doch dies misslang ebenso wie die Suche nach dem geheimnisvollen Portal."

Hubals Geschichte machte mich seltsam schläfrig und ich hatte Mühe, meine Augen offen zu halten. Ich wollte jedoch nicht unhöflich erscheinen und dachte daran, mit einem Schluck Wasser meine Müdigkeit fortzuspülen, als ich am Boden der Schale einige Körner ausmachen konnte, die sich im nächsten Augenblick auflösten. Der Greis erzählte weiter, doch mir kam ein grässlicher Gedanke. Wollte der alte Mann mich gar vergiften? Vielleicht hatte die lange Einsamkeit auf dem Mond seinem Verstand geschadet.

Er sprach von dunklen Zeiten, die angebrochen seien, und davon, wie nur die Stärksten überlebten. Ich riss mich erneut und heftiger zusammen, nahm einen kräftigen Schluck aus meiner Weinflasche und fragte, was denn mit dem restlichen Volk der Tamas geschehen sei.

„Was mit ihnen geschehen ist? Nun, mein junger Gast, das will ich dir zeigen. Komm!"

Er stand auf und führte mich wieder hinaus in den Krater. Hinter den Eingangssäulen türmte sich ein Berg aus Schädeln und Knochen. An manchen hingen Reste von Fleisch und Fetzen von Kleidung und mit einem Male war ich wieder hell wach. Die Tamas hatten sich gegenseitig aufgefressen und Hubal war offenkundig der letzte Überlebende. Ich drehte mich zu ihm um, da hatte er schon einen langen Kristalldolch gezogen und stürzte auf mich zu.

„Du wirst mich nähren", krächzte er. Ich wich ihm aus und rannte den Krater empor. Ich musste das Sonnenlicht erreichen. Dämonische Kräfte schienen in dem Greis geruht zu haben, die ihm nun die Agilität eines jungen Löwen verliehen. Die geringe Schwerkraft des Mondes half sowohl dem Jäger als auch der Beute. Wild schreiend und den Dolch schwingend trieb er mich weiter über die staubige Ödnis des Mondes. Da kam mir ein rettender Gedanke: Bei dem Mondportal, von dem der Mondkannibale gesprochen hatte, könnte es sich um den Obsidianfelsen handeln, der mich hierher gebracht hatte. Ich rannte einen nahen Hügel hinauf und oben angekommen nutzte ich diesen taktischen Vorteil für eine diplomatische Pause. Ich wandte mich meinem Verfolger zu und rief:

„Halt! Ich weiß, wo das Portal ist, denn ich kam durch selbiges erst hierher! Töte mich und du wirst es niemals finden!"

Hubal hielt einige Schritte unterhalb von mir an. Seine Augen blitzten in wilder Gier.

„Wenn du aus diesem verfluchten Portal gekommen bist, so werden mir die Götter immer wieder Aufschub bis zu meinem Tode gewähren und mich mit Nachschub versorgen." Und damit setzte er zu einem mächtigen Sprung an, mir den Dolch mit aller Wucht in die Brust zu treiben. Blinder Zorn zeigt sich oft im Mantel der Stärke, doch das ist nur ein Trugbild. Ich bekam seine Arme zu fassen, fiel durch die Wucht seines Aufpralls nach hinten und wir rollten den Hügel hinab – mitten ins helle Licht der Sonne. Hustend, tretend und voll Hast raffte ich mich auf, mein Leben bis zum bitteren Ende zu verteidigen, als ich sah, wie sich mein greiser Gegner vor Schmerzen wand. Das pure Licht verbrannte seine Haut. Er ging vor meinen Füßen elendig in Flammen auf und somit zugrunde. So starb der letzte Mann vom Mond.

Ich raffte mich auf, nahm geistesgegenwärtig den Kristalldolch als Beweis an mich und suchte den Eingang zu meinem Ausgangspunkt. Mit einem letzten Blick auf meine azurfarbige Heimat und voll der Hoffnung, bald wieder auf ihr zu wandeln, stieg ich die Treppen hinab zu dem Mondportal. Wenige Augenblicke später stand ich wieder in der Höhle in den Tatra-Bergen. Draußen war finsterste Nacht und nur der Mond, nun beinahe voll, leuchtete am Firmament. Neben dem Höhleneingang, unter einem Felsvorsprung, saß Hans vor einem kleinen Feuer. Freudig rief ich:

„Du hast auf mich gewartet!"

„Gewartet? Ich bin kaum fertig mit Feuer machen. Du warst ja nicht gerade lang da drinnen. War wohl die falsche Höhle. "

„Nicht lang sagst du? Es waren mehrere Stunden. Wenn nicht sogar ein ganzer Tag."

„Oh mein guter Wilhelm! Hast du dir da drinnen vielleicht den Kopf gestoßen? Höchstens fünf Minuten ist es her, dass du in dieses Loch gekrochen bist. Und sieh dich nur an! Voller Staub und dein Gehrock ist an der Seite gerissen!"

Staunend erzählte ich Hans, was mir wiederfahren war. Als ich mit meiner Schilderung bei Hubals Angriff auf mich angekommen war, konnte Hans seinen Spott nicht mehr halten und unterbrach mich.

„Willst du mir allen Ernstes einen solchen Bären aufbinden?"

Da holte ich aus meinem Rucksack den Kristalldolch hervor und hielt ihm dem ungläubigen Freund zum Beweis unter die Nase. Quod erat expectandum wurde seine Miene mit einem Male wieder ernst und er entschuldigte sich bei mir. Natürlich wollte er auch sofort selbst auf den Mond reisen, doch als ich ihn zu dem Obsidianfelsen führte, klaffte in ihm ein langer Riss von oben nach unten und so blieb uns das Tor verschlossen. Bis heute weiß ich nicht, ob das Portal durch mein Ungeschick, oder schlicht durch Verschleiß geborsten war. Wie dem auch sei. Da dieses Unglück nun nicht mehr zu ändern war, machten wir uns tags darauf auf den Heimweg. Den Kristalldolch fest in der Hand fürchtete ich weder Wolf noch Räuber und Hans verlangte Dutzende Male von mir, die Geschichte von den Bhati und den Tamas zu hören. Immer neue Details erfragte er und schon bald war es ihm, als sei er selbst mit mir da oben gewesen. Wir fühlten uns wie die glorreichen Helden der Antike, die ruhmreich aus der Schlacht nach Hause kamen. Wenige Tage später konnten wir unsere lieben Familien wieder in die Arme schließen. Trotz des Dolches glaubte uns niemand die Geschichte, was jedoch nicht heißt, dass sie nicht gerne gehört wurde.

Als blendende Komödie wurde mein Abenteuer dargestellt und man riet mir, Schriftsteller oder Ähnliches zu werden.

Am gleichen Abend gingen mein Vater und ich noch in die Loge. Es wurde an diesem Abend über das Theaterstück „Die Leuchte des Diogenes" diskutiert. Wie sollte man den Inhalt interpretieren und auf unsere Gesellschaft umlegen? Doch ich konnte mich nur schwer konzentrieren. Zu präsent war mein Erlebnis auf dem Mond und daher erzählte ich meine Geschichte nach Beendigung der Tempelarbeit an der weißen Tafel. Auch wenn mir auch hier wiederum kein Glauben geschenkt wurde, hatte ich dennoch das Gefühl, ernst genommen zu werden. Selbst wenn meine Geschichte lediglich für das Ergebnis eines studentischen Saufgelages gehalten wurde. Nach der weißen Tafel nahm mich der Musikmeister, ein guter Freund meines Vaters, zur Seite. Er zündete sich eine Zigarre an, setzte sich an den Flügel, nippte an seinem Wein und spielte mir den 3. Satz der „Suite bergamasque" von Debussy vor. Ein modernes und verträumtes Stück, das den Mondschein musikalisch darstellen soll. Während er so die Melodie erschuf, sagte er zu mir:

„Hör zu, mein junger Bruder! Schlägt der Hammer seine Saite im Klavier an, so beginnt sie zu schwingen und erzeugt einen Ton. Doch es passiert noch mehr: Die Schallwellen regen die benachbarten Saiten ebenfalls an und der

Ton wird voller. Ebenso beeinflussen unser Handeln und Agieren in der Welt unsere Mitmenschen; selbst, wenn wir nicht belehrend auftreten wollen. Darum ist es so wichtig, dass wir uns wie hier durch das Wort, so im profanen Leben durch die Tat als wahre und gute Humanisten bewähren. Dein Opponent auf dem Mond – sei er nun real oder nicht – konnte das nicht; oder nicht mehr. Die Wut, der Zorn und die Einsamkeit haben ihn verseucht. Ob dein Abenteuer nun wahr oder erdacht ist, ist irrelevant für mich. Denn „wirklich" nennen wir nur jene Dinge, die von allen, oder zumindest von vielen ähnlich wahrgenommen werden. Wichtig ist mir, dass wir beide – und vielleicht auch noch unsere Mitmenschen – davon profitieren. Denk daran!"

So endete also mein Abenteuer auf dem Mond, der seither tatsächlich unbewohnt ist.

ĐΣE ÞEVΓHTE ĐEM ĐΣoΓ∈N∈M
TPPVEPMΣ∈Γ FoN MΣ†EÞ ΣΣ†ΚΓEM

ΠEPMoN∈N :

ĐEP Κ Œ N Σ Γ
ĐΣE Κ Œ N Σ Γ Σ N
ĐEP ΘΘEFΓΣNΓ
ĐEP MΓΓ↓4FE
ĐΣoΓEN∈M
ĐEP MΠΘEΓΘEP

ĐEP ΓΘoPVM

Romeo in Paris

Hoffnung ist ein bisschen
wie Träumen.

PROLOG

Einer gängigen Theorie zufolge hat ein Kolibri im tiefsten Urwald Amazoniens mit seinem Flügelschlag tatsächlich Einfluss auf das Wetter in Europa. Ich war vor vielen Jahren - im übertragenen Sinn - selbst ein solcher Vogel. Der Kolibri weiß natürlich nicht, dass sein Tun derartige Auswirkungen hat. Dies hatte ich dem kleinen Piepmatz voraus, obschon ich bis heute nicht weiß, welcher Art mein Einfluss war und welche Tragweite er hatte.

SAMSTAG

Ich bin, bis sie ihn eingestellt haben, zweimal mit dem Orient-Express nach Paris und wieder retour gefahren. Einmal ohne und einmal mit Absicht. Diese Geschichte beginnt mit dem erstmaligen und unbeabsichtigten Benutzen dieses legendären Zuges.

„Achtung, Bahnsteig sieben! Orient-Express nach Paris, von Budapest und Wien kommend, fährt ein! Die Wagen erster Klasse befinden sich im vorderen Bereich. Die

Speise- und Schlafwagen befinden sich im mittleren Bereich. Achtung! Die beiden letzten Waggons werden lediglich bis Straßburg geführt! Bitte zurücktreten!"

Pünktlich um 22:25 Uhr fuhr der Zug im Bahnhof ein. Der Aufenthalt war kurz, dampfend und zischend. Wenige Fahrgäste stiegen aus. Mehr -- darunter auch ich -- stiegen ein. Die Fahrt zum *Gare de l'Est* in Paris sollte knapp zwölf Stunden dauern. Genug Zeit für mich, meinen Aufenthalt in groben Zügen zu planen. Ursprünglich waren wir fünf junge Studenten, voller Tatendrang und hochfahrender Pläne. Thomas und ich waren damals mitten im Psychologiestudium, Anna und Mario studierten Medizin und Lilly versuchte sich in Physik. Doch wie es das Schicksal so wollte, wurde Anna krank. Darum wollte Lilly auch nicht fahren. Mario war Annas Freund und harrte an ihrem Krankenbett aus, während Thomas einen Todesfall in der Familie hatte. Der Sommer 1984 war jedoch so einladend und ideal für einen Kurzurlaub zum Ausspannen, dass ich dennoch fahren wollte. Nicht zu heiß und die berühmten Sehenswürdigkeiten der Stadt der Liebe konnte man bei Regen ebenso gut bestaunen. Chopin hatte einst gesagt: „Paris ist einem alles, was man möchte."

Mit diesem Vorsatz war ich auf alles gefasst; nun ja, auf fast alles.

Die Fahrt war äußerst kurzweilig. Ich rauchte im Speisewagen mondän Zigarren zu einigen Gläsern Shiraz und fühlte mich wie ein König; oder zumindest wie ein Edelmann. In Straßburg wurden die Reisepässe kontrolliert und die letzten Waggons abgekoppelt. Erst danach, in den ersten Stunden des neuen Tages, nickte ich vom monotonen Rattern des Zuges ein. Der Schaffner weckte mich wenige Kilometer vor Paris und ich glaubte bereits, die frischen Baguettes riechen zu können.

SONNTAG

Am Ostbahnhof angekommen musste ich mich erst einmal orientieren. Von Thomas hatte ich den Stadtplan bekommen, von Lilly eine Karte der Metrolinien. Damit und mit meiner Hotelreservierung ausgestattet, stürzte ich mich mitten hinein in die moderne Großstadt. Das Hotel Gavarni lag in der 5 Rue Gavarni in Passy, dem 16. Arrondissement von Paris, nur einen Steinwurf vom Eiffelturm entfernt. Ein kleines Drei-Sterne Hotel, sauber und günstig - so, wie es Studenten eben brauchen. Noch dazu gab es in der Umgebung genügend kleine Bars und Bistros, um den Hunger zu stillen.

Bevor ich aber zum Hotel fuhr, stieg ich an der Metrostation Trocadéro aus. Als ich die Treppe aus dem Untergrund heraufkam, wusste ich, weshalb ich diesen kurzen Abstecher gemacht hatte. Von der Brüstung des Palais de Chaillot aus bot sich ein imposanter Blick auf den Eiffelturm. Was für ein Bauwerk! Grazil und doch massiv, markant und schlicht zugleich. Fast filigran aus der Entfernung. Der starre Stahl schien Bewegung – oder zumindest eine Idee davon – zu verkörpern. Ich freute mich auf den nächsten Tag, an dem ich mir das Wahrzeichen genauer ansehen wollte. Ich knipste ein paar Fotos und stieg wieder hinunter zur M9, die mich bis zu meinem Ziel brachte. Meine ursprüngliche Reservierung lautete auf ein Zweibettzimmer für die Damen und ein Dreibettzimmer für uns Männer. Da ich nun aber alleine reiste, stornierte ich das Herrenzimmer und nahm das der Damen in Anspruch. Es lag in der fünften Etage. Zimmer 504. Das einzige in diesem Stockwerk, das einen Balkon hatte, und von dort aus konnte ich über die Dächer der umliegenden Häuser hinweg sogar den Eiffelturm sehen. Das war mir das Wichtigste. Denn wenn man schon in Paris ist, sollte man diese Aussicht haben. Man konnte von hier oben auch die labyrinthische Struktur der Stadt gut erkennen. Diese Eigenschaft verhalf Paris trotz der Tatsache eine Großstadt zu sein zu einer gewissen Ruhe. Trotz des Verkehrs und der Millionen von Menschen hatte die Stadt der Liebe doch nicht jenes atemlose Tempo wie beispielsweise New York.

Das Hotelzimmer selbst war im barocken Stil eingerichtet, jedoch eher klein und sachbezogen, als groß und pompös. Aber wie gesagt - ideal für junge Studenten.

Mir war aufgefallen, dass an den meisten Häusern von Paris schwarze Fahnen hingen. So auch an der Fassade des Hotels. Ich erkundigte mich beim Concierge und der erklärte mir, dass innerhalb der letzten Woche drei französische Berühmtheiten gestorben waren. Erst ein Luftfahrtpionier, dann ein General und schließlich ein Rennfahrer.[3] Höflichkeitshalber kondolierte ich dem guten Mann stellvertretend für die ganze Nation und widmete mich meinen eigenen Angelegenheiten. Es war Sonntag und daher mühte ich mich gar nicht mit dem Erkunden der Umgebung ab, sondern richtete mich in Ruhe in meinem Zimmer ein.

MONTAG

Mein Wochen- und Urlaubsbeginn war zwar bewölkt, aber trocken. Ich schlenderte vom Hotel zur Seine und weiter flussaufwärts zum Trocadéro-Garten. Dort gab es eine Brücke zum Eiffelturm hinüber. Was für ein monumentales Bauwerk! Alleine die gemauerten Fundamente waren grob geschätzt fünf Meter hoch und mindestens 25 Meter im Quadrat. Zum Glück hatte ich genügend Filme eingepackt, denn meine Hasselblad tat ununterbrochen ihre Arbeit. Dass ich alleine unterwegs war, störte mich

---

[3] Der Luftfahrpionier Henri Fabre starb am 01.07., General Salan am 03.07. und der Rennfahrer Fernand Tavano am 06.07.1984

nicht, denn ich fand stets zuvorkommende Passanten und andere Touristen, die bereit waren, mich vor diversen Hintergründen abzulichten.

Der Nachmittag wurde von meteorologischer Seite ein wenig ungemütlicher und so zog ich mich in ein kleines Bistro an der Seine zurück, wo ich eine Verbesserung des Wetters abwartete. Meine Reiselektüre, „Voyage en Orient" von Gérard de Nerval, vertrieb mir die Zeit. Dennoch beschloss ich nach zwei verregneten Stunden, ins Hotel zurückzukehren. Auf dem Rückweg entdeckte ich gleich ums Eck ein Kino. Das Majestic spielte einen Film mit Gérard Depardieu und der hinreißenden Sophie Marceau. Ein Kriegsfilm namens „Fort Saganne". Ich wollte meine Französischkenntnisse testen und kaufte eine Karte. Der Erfolg war … nun, eher bescheiden. Ich verstand nur wenig und so ging vermutlich auch viel von der Handlung spurlos an mir vorbei. Würde ich den Film heute sehen, hielte ich ihn vermutlich für einen albernen Schinken.

DIENSTAG

Am nächsten Morgen wurde ich vom Trommeln der Regentropfen geweckt und entschied mich daher für den Louvre. Das Museum war groß genug, um einen ganzen Tag darin zu verbringen. An der Rezeption erhielt ich einen Regenschirm und so zog ich gut gerüstet los, mich an den berühmten Kunstschätzen zu ergötzen.

Ich begann mit dem Griechenland der Antike, arbeitete mich über die Pharaonen und die Kunst des Nahen Ostens hin zu den europäischen Skulpturen durch. Die Anzahl der Exponate schien ohne Weiteres in die Zehntausenden zu gehen. Nach drei Stunden musste ich eine Rast einlegen, denn mir schwirrte der Kopf von den ganzen Schätzen. Am frühen Nachmittag gab ich endgültig auf und verließ das Museum. Ich muss zu meiner Schande gestehen, ich habe nicht alles gesehen. Die Masse war schier zu groß. Von der Mona Lisa war ich übrigens enttäuscht. Ich hatte sie mir immer größer vorgestellt.

Draußen regnete es noch immer und so führte mein Weg ziellos von einem Geschäft zum nächsten.

Nahe dem Louvre fand ich einen schmucken Herrenausstatter und bummelte ebenfalls hinein. Ich wollte mir schon immer einen Hut kaufen und dort gab es Exemplare in genügender Menge. Auch das Wetter machte eine derartige Kaufentscheidung sinnvoll. Probierend nahm ich bald diesen und bald jenen in die Hände, befühlte das Material und setzte sie auf. Die Auswahl war enorm. Unbemerkt stand plötzlich ein gut gekleideter Gentleman neben mir. „Ah, der Verkäufer", dachte ich. Er roch nach Pfeifentabak und war äußerst gepflegt. Ganz anders als seine Kollegin an der Kasse, die nach billigem Kaugummiparfum stank und eher wie eine gescheiterte Hollywood-Diva gekleidet war.

„La pluie tombe peu à peu et l´oiseau s´est envolé", meinte der Herr beinahe flüsternd. Ich sah zum Fenster hinaus und es nieselte tatsächlich. Ohne Zweifel hatte er mich als einen Touristen erkannt und wollte mich wohl mit seiner, dem Franzosen eigentümlichen Hochnäsigkeit testen. Also tat ich mein Bestes und antwortete:

„C´est pourquoi le sage homme s´absente son château seulement avec son chapeau."

Ein kurzes Schmunzeln schien über sein Gesicht zu huschen. Er grummelte zustimmend und nahm einen Fedora aus braunem Filz aus dem hintersten Stapel – von ganz unten.

„Vasité… hmmm. Numéro sept, n´est pas? Il s´apelle CHARLIE! N´oubliez jamais, monsieur!"

Er passte mir wie angegossen. Lediglich an der rechten Schläfe drückte er ein wenig. Der Mann meinte, das sei normal, da der Hut ja neu wäre. Das Accessoire passte gut zu meinem Mantel und so beschloss ich, zuzuschlagen. Die 639,- Franc[4] schienen mir auf meinem Kopf gut angelegt und so spazierte ich kurze Zeit später gut behütet aus dem Laden. Nun machte mir der Regen etwas weniger aus und meine Laune wurde besser. Nicht einmal der Rüpel mit der blauen Regenjacke, der mich vor dem Herrenaus-

---

[4] ein Franc entsprach etwa 0,15 €

statter anrempelte, konnte meine Stimmung trüben. Vermutlich hatte er mich in der Eile übersehen. Mit einem freundlichen „Pardon!" ging ich meines Weges. Ich durchquerte den Jardin des Tuileries und stand auf dem Place de la Concorde. Der riesige Luxor-Obelisk schien wie ein Hinweisfinger auf den Triumphbogen im Hintergrund zu zeigen. Weiter dahinter begann die Sonne bereits mit ihrem allabendlichen Rückzug und tauchte die ganze Szene in goldenes Licht. Das also war das Letzte, was Marie-Antoinette gesehen hatte, bevor sie guillotiniert wurde.

Ich huschte, als der Regen wieder stärker wurde, in die nächste Brasserie. Eine Tasse Kaffee und ein Stück Kuchen stärkten mich nur bedingt. Meine Füße schmerzten und die Augenlider waren schwer. Das Museum hatte mich wirklich geschafft. Also kehrte ich müde und trotz Schirm, Hut und Mantel reichlich durchnässt ins Hotel zurück.

Doch der Abend war noch jung. Daher nahm ich eine kurze, erfrischende Dusche und beschloss, mir im Anschluss an der Hotelbar einen Drink zu genehmigen. Zuvor ließ ich durch den Concierge meinen Mantel und meinen Hut zum Trocknen und Imprägnieren bringen.

Im Rauchersalon fiel mir eine junge Dame auf. Sie saß alleine an einem kleinen Tisch in der Ecke und legte Patiencen. Kurz dachte ich an eine Wahrsagerin, doch dafür war sie mit ihrem beigen Blazer und der weißen Bluse zu gut gekleidet. Ihr dunkelblondes Haar fiel gleichmäßig auf ihre Schultern und umschloss ihr porzellanenes Gesicht. Sie kam mir bekannt vor. Irgendwo hatte ich sie schon einmal gesehen. Aber wo? Ihre blaugrauen Augen wirkten ein wenig traurig und das war letztendlich der ausschlaggebende Grund, weshalb ich sie ansprach.

„Bonjour, mademoiselle. Sprechen Sie zufällig Deutsch?"

„Zufällig spreche ich Deutsch", erwiderte sie mit französischem Akzent. Sie legte den Pik-Buben auf die Herz-Königin. Ihre Handbewegung schickte einen Hauch ihres Parfums in meine Richtung. Rose mit Lavendel – herrlich!

„Verzeihen Sie, wenn ich Sie einfach so anspreche, aber eine attraktive Frau sollte nicht alleine Karten spielen. Vor allem nicht, wenn sie dabei so traurig aussieht. Wenn ich mich vorstellen darf, mein Name ist Wilhelm Schleh."

Ihr Blick erhellte sich merklich und ein Lächeln umspielte ihre Lippen.

„Sie wissen wohl, wie man französischen Frauen schmeichelt? Wilhelm ist ein deutscher Name, n'est pas?"

Das nahm ich kühn als Einladung und setzte mich zu ihr. Ich erklärte ihr, dass ich nach meinem Urgroßvater benannt sei, und sie stellte sich mir als Sylvie vor. Sekretärin in einer großen Firma. Sie erzählte mir, dass sie hier auf einen Freund warte, er sie aber offenbar versetzt hatte. Wir kamen ins Gespräch und unterhielten uns über Gott und die Welt. Wir rauchten und tranken Wein. Als ich das nächste Mal aufsah, waren die Straßenlaternen bereits angegangen. Der Regen hatte vorübergehend aufgehört. Ich bot ihr an, sie noch nach Hause zu begleiten, aber stattdessen landeten wir in einer gemütlichen Bar. Bald schon berührten sich unsere Hände wie zufällig und aus diesen gehauchten Tangenten der Zuneigung wurden bald offen beabsichtigte Berührungen. Sie sprach gut Deutsch, da sie als Chefsekretärin oft mit deutschen und österreichischen Geschäftsleuten zu tun hatte. Ich schmeichelte ihr und konnte nicht davon ab, meine Blicke zwischen ihren Augen und ihren Wangenknochen pendeln zu lassen. Ich stellte mir unweigerlich vor, wie es sein musste, sie zu küssen, und auch Sylvie schien nicht abgeneigt zu sein. Voll des Tatendrangs und beflügelt vom bisherigen Erfolg wagte ich den nächsten Schritt. Ihre Lippen waren weich und sanft wie der jungfräuliche Frühlingsmorgen, ihre Küsse dennoch wild und fordernd. Benebelt von Erregung und Alkohol umschlang ich ihre Hüften und zog sie mitsamt dem Barhocker an mich heran. Was für eine Frau! Paris hatte seinen Beinamen nicht umsonst! Gerade als ich sie fragen wollte, ob wir vielleicht doch ins Hotel zurückgehen sollten, schob sie mich sanft von sich und meinte mit verführerischem Blick, dass es für Cinderella langsam an der Zeit sei. Noch einmal küsste sie mich und bevor ich noch etwas sagen konnte, huschte sie aus dem Lokal. Verwirrt saß ich da, bezahlte den grinsenden Barkeeper – er hatte sicher alles beobachtet – und schwebte über das Trottoir davon.

Gerade war ich in die Rue Gavarni eingebogen, da sah ich ein Polizeiauto vor dem Hotel blau blinken. Und kaum hatte ich das Hotel betreten, als bereits der Manager auf mich zukam:

„Oh, Monsieur Schleh! Terrible! Votre chambre. Ihr Zimmer. Man hat eingebrochen! Vermutlich am hellen Tag! Ich bitte viele Male um Verzeihung, Monsieur. Wir machen den Schaden wieder gut. Bitte, allez avec moi. Le commissaire de police est dans votre chambre."

Der Inspektor sprach kein Wort Deutsch und so war es für beide Seiten mühselig, dem ganzen Sachverhalt Licht zu verleihen. Mein Zimmer war offensichtlich aufgebrochen und durchsucht worden. Bald stellte ich erleichtert fest, dass all mein Hab und Gut noch da war. Vielleicht war der Einbrecher gestört worden. Der Manager bot mir ein anderes Zimmer an, aber da lediglich das Türschloss ausgetauscht werden musste, verzichtete ich dankend. Zu wichtig war mir der Ausblick. Immerhin musste ich für das Imprägnieren und Trocknen meiner Kleider nichts bezahlen und ich fand an diesem Abend eine Flasche Champagner auf meinem Zimmer vor.

MITTWOCH

Zwischen dem Boulevard Saint Michel und der Rue Dante, die in die Rue Lagrange einmündet, und zwischen dem Boulevard Saint-Germain und der Seine liegt das

Quartier Latin. Enge Gassen winden sich mit multikultureller Farbenpracht, einem orientalischen Suq gleich, durch altes Bauwerk. Das anmutige Geheimnis des Müßiggangs manifestiert sich hier und gibt den Weg frei zu oft ersehnter, jedoch selten erreichter Ruhe. Flankiert von zahllosen Bars und Restaurants, Imbissläden und kleinen Geschäften, die allerlei Krimskrams anbieten. Fisch und Austern sind immer fangfrisch und laden zu lukullischem Schlemmen ein. Daneben Second-Hand-Bücher, Kunstdrucke, Antiquitäten. Hier findet man alles! Ein regelrechtes Museum aus Farben, Kuriositäten und Unwahrscheinlichkeiten. Das ganze Geviert ist ständig gefüllt mit Studenten und Freigeistern, zahllosen Gerüchen von Kräutern und Gewürzen, gebratenem Fleisch und Lebensfreude. An diesem Tag war die Luft frisch vom nächtlichen Regen und ich ließ mich einfach durch die Massen treiben.

Man kann das Flair dieser Gegend nur schwerlich in Worte fassen, aber ein Hemingway-Zitat kommt nahe hin:

> *„Wenn du das Glück hattest, als junger Mann in Paris zu leben, dann trägst du die Stadt für den Rest deines Lebens in dir. Wohin du auch gehen magst, denn Paris ist ein Fest fürs Leben."*

Ich kaufte mir hier eine mit Fleisch und Gemüse gefüllte Teigtasche, dort einen Kaffee. Ich versuchte, mich in dieser Gegend zu verlieren, um ihren Charme noch intensiver aufnehmen zu können. Ich schmökerte in einer frühen Ausgabe von Balzacs „Napoléon. Son histoire racontée par un vieux soldat" und beschloss, das Buch meiner kleinen Sammlung hinzuzufügen.

Irgendwo zwischen der Rue de la Harpe und der Rue Saint-Séverin blieb ich stehen. Trotz des Trubels hatte ich das Gefühl, verfolgt zu werden. Ich wandte mich einem Schaufenster zu und versuchte, durch die Reflexion einen unbemerkten Blick hinter mich zu werfen. War da die blaue Jacke wieder? Ich musste es wissen, ging weiter. Hinein in den nächsten Laden. Von dort lugte ich hinaus und tatsächlich! Der Mann vom Louvre. Das schien mir in einer Stadt mit zwei Millionen Einwohnern doch ein merkwürdiger Zufall. Ich ließ ihn an dem Laden vorbeigehen, schlüpfte rasch in die entgegengesetzte Richtung davon und prallte, da ich mich noch sicherheitshalber nach dem Unbekannten umsah, in den nächsten Passanten. Und siehe da, es war Sylvie! Mein Kopf drehte sich und mein Herz schlug mir bis zum Hals.

„Hallo! Was tust du denn hier?", fragte ich sie.

„Bummeln"

Sie hatte wieder ihr verschmitztes Lächeln aufgesetzt und hakte sich bei meinem Arm ein.

„Komm! Ich zeige dir Paris."

Und so bummelten wir also zur Seine, vertrieben uns die Zeit bei den Bouquinistes, die am Ufer standen und stöberten uns durch die alten Bücher. Langsam und majestätisch zog der Fluss an uns vorbei. Die blaue Jacke hatte ich bald vergessen.

Sylvie fand eine alte Ausgabe von „Le Bossu" von Paul Féval. Sie erzählte, dass sie diese Geschichten von Liebe, Leidenschaft und klingenden Degen liebe. Geschichten, in denen der Protagonist im tiefsten Inneren seines Herzens immer genau wisse, was er zu tun habe. Nicht wie in dieser Welt, in der einerseits die Grenzen aus Stacheldraht und Angst vor einem Atomkrieg bestünden, andererseits jedoch keiner genau wisse, welche Seite die Wahrheit sage, welche Seite die Guten seien. Nachdenklich schlenderten wir weiter. Ich war der Auffassung, dass mit Weizsäcker als deutschem Präsidenten vielleicht eine Verbesserung der deutsch-deutschen Beziehungen eintreten könnte. Aber eigentlich wollte ich nicht über Politik reden. Zu schön war Paris für einen Frischverliebten. Darum versuchte ich, unser Gespräch in eine positivere Richtung zu lenken, und meinte, immerhin gebe es auch heutzutage noch Wunder, wie man am kürzlich eingeführten Frauenwahlrecht in Liechtenstein sehe. Sylvie antwortete mit einem gedankenverlorenen Blick auf Notre-Dame:

„Möglich. Aber eine Schwalbe macht noch keinen Sommer. Ich habe noch zu tun. Au revoir!"

Damit küsste sie mich auf die Wange, verabschiedete sich, verschwand im Getümmel und ließ mich auf der Brücke zur Kathedrale hinüber einfach stehen.

DONNERSTAG

Ich konnte die ganze Nacht nicht schlafen. Diese wundervolle Frau spukte mir ständig im Kopf herum und in meiner Phantasie wurde sie bald zu dem Einbrecher, der mein Hotelzimmer durchsucht hatte, bald zu meiner Geliebten, die mich heißblütig und kühn verführte. Der darauffolgende Tag sollte daher nicht der Stadt, sondern der Suche nach dieser bestimmten Einwohnerin gewidmet sein. Zielstrebig ging ich zur Metro, um zur Notre-Dame zurückzufahren. Dort würden meine Nachforschungen beginnen.

Natürlich hielt ich auch in der U-Bahn meine Augen nach Sylvie offen. Doch statt der Frau meiner Träume entdeckte ich unter den Fahrgästen die blaue Jacke wieder. Diesmal hatte er zwar einen schwarzen Mantel an, aber das Gesicht – das war eindeutig derselbe Mann. Ich beschloss, auszutesten, ob er mich tatsächlich verfolgte, oder ob meine Wahrnehmung von der Aufregung und der frisch entbrannten Liebe getrübt war.

Ich stieg bei der nächsten Station aus und begab mich auf ein anderes Bahngleis. Dort stieg ich in die nächstbeste Metro ein und achtete darauf, ob die blaue Jacke es mir gleich tun würde. Und da stand er! Einige Meter von mir entfernt; mit einer Hand Zeitung lesend und scheinbar desinteressiert an seiner Umwelt. Zwei Stationen später wechselte ich erneut die U-Bahn Linie und die blaue Jacke folgte mir. Wer war das? Als die Metro wieder hielt, stieg ich aus und zwängte mich kurz vor der Abfahrt noch rasch in den übernächsten Waggon. Im Wegfahren sah ich, dass sich die blaue Jacke suchend auf dem Bahnsteig umsah. Ich hatte ihn abgehängt.

Da mich mein unfreiwilliger Kurswechsel Richtung Sacré-Coeur geführt hatte, stieg ich ebendort aus um meine Gedanken in dieser herrlichen Kirche neu zu ordnen. Die Stufen zum Kirchenplatz hinauf waren noch nass vom Regen, doch das hinderte verliebte Paare nicht daran, Arm in Arm auf den marmornen Balustraden zu sitzen und über den Dächern der Stadt Luftschlösser zu bauen. Sinnierend stand ich da, temporär gestrandet auf dieser sakralen Insel im profanen Ozean moderner Industrialisierung. So fanden meine Gedanken wieder zu Sylvie. Wo sie wohl gerade war?

„Auf dem Montmartre stand früher ein Dorf. Als die Stadt darüber wuchs, hat man dem Märtyrerhügel diese weiße Krone aufgesetzt."

Ich fuhr erschrocken herum. Da stand sie vor mir und grinste mich an.

„Sie haben die Kirche quasi als Symbol der Sühne für die erlittene Niederlage im französisch-preußischen Krieg gebaut."

„Besteht denn ganz Paris nur noch aus dir und diesem anderen Typ?"

Sie sah mich verwundert an.

„Was meinst du?"

„Na du läufst mir jetzt schon zum dritten Mal über den Weg und gerade eben habe ich in der Metro einen Typ abgehängt, der mich seit gestern zu verfolgen scheint."

„Verfolgt dich auch die Sonne, wenn sie täglich über dir scheint, egal wohin du auch gehst?"

Mein Nein sollte von einem Aber begleitet werden, doch ihre Lippen schnitten mir mit einem sanften Kuss das Wort ab. Sie entschuldigte sich, am Vortag so abrupt verschwunden zu sein und lieferte sogar eine stichhaltige Begründung. Doch die hatte keine Chance, sich in meinem Gedächtnis festzusetzen. Ihr Parfum, der Ausblick, ihr weiches Haar und ihre Lippen, die wie kaum fassbare Wölkchen über die meinen huschten … das war Paris!

Der Tag verging wie im Flug. Wir spazierten zum Place du Tertre, aßen in einem kleinen Bistro namens La Bohéme unterhalb der Basilika, schlenderten danach wieder zum Fluss hinunter. Als der Abend bereits fortgeschritten und die Zeit des Abschieds gekommen war, fragte Sylvie, ob ich ihr nicht den Ausblick auf den Eiffelturm von meinem Balkon aus zeigen könne.

Dass ich in dieser Nacht wieder kein Auge zu bekam, störte mich diesmal verständlicherweise wenig. Der nächste Morgen begann vor meinem Auge mit den geschmeidigen Hügeln ihres Körpers. Vom Bettlaken halb verdeckt hob und senkte sich dieses Paradies auf Erden im

Rhythmus sanften Schlafes. Ich legte meinen Arm um sie, küsste ihren Nacken und genoss den Augenblick.

FREITAG

Beim Frühstück gestand ich Sylvie, dass ich am frühen Abend zurückfahren würde. Der Orient-Express würde Paris um 18:45 Uhr verlassen. Ich war hin und her gerissen, doch zu bleiben, war keine Option für mich. Mein ganzes Leben war zu Hause. Vielleicht würde sie mich einmal besuchen. Oder besser noch: Wir lassen dieses herrliche Abenteuer hier enden. Was in Paris passiert, sollte vielleicht auch in Paris bleiben. Doch sie, in ihrer französisch-frechen Art, hielt das für eine superbe Idee. Ein Urlaub in Österreich. Was für ein grandioser Einfall! So ein verrücktes Huhn. Aber gut. So hatte ich wenigstens noch ein paar Tage länger eine Traumfrau an meiner Seite. Sie verließ das Hotel und kehrte eine Stunde später mit einem Rucksack zurück. Ich checkte aus und wir vertrieben uns die Zeit bis zur Abfahrt mit Reden, Kaffee und Küssen. Das seltsame Gefühl in meiner Magengegend ignorierte ich. Warum sollte Sylvie nicht mit mir nach Österreich kommen? Konnte sie sich so spontan Urlaub nehmen? Oder war sie doch noch eine Studentin? Eigentlich wusste ich nichts von ihr. War es ein schlechtes Omen, dass heute Freitag der 13. war? Nein, alles nur Humbug!

Der Zug rollte an und als wir Paris hinter uns gelassen hatten, nahm ich all meinen Mut zusammen und fragte Sylvie, was mich spätestens seit unserer gemeinsamen Nacht wurmte. Ich saß ihr in unserem Abteil gegenüber, sah ihr in ihre wundervollen blaugrauen Augen und fragte:

„Darf ich ehrlich zu dir sein?"

„Natürlich."

„Und wirst du auch ehrlich zu mir sein?"

„Vermutlich."

„Gut … Du wirkst nicht wie eine Französin. Es ist dieses… wie nennen es die Franzosen? … Je-ne-sais-quoi – Kleinigkeiten …"

„Zum Beispiel?"

„Du hast an der Seine gesagt, dass eine Schwalbe noch keinen Sommer machen würde. Im Französischen sagt man: Une hirondelle ne fait pas le printemps. Das heißt Frühling, nicht Sommer. Sommer sagt man nur im Deutschen."

„Im Englischen heißt es auch Sommer. Dafür sagen die Italiener wieder Frühling. Es ist beides möglich."

„Oder gestern die sauren Gurken zum Kartoffelgratin. Das tut ein Franzose nicht. Das kenne ich nur von meinem Onkel in Deutschland."

„Frankreich grenzt an Deutschland. Wir leben im gleichen Europa."

„Ja, aber mein Onkel – falls er noch lebt – wohnt im Norden. Also im Osten. In der DDR, meine ich. Das ist verflucht weit weg von Frankreich."

„Das kann ein Zufall sein. Ich habe eben seltsame Ge-
lüste."

„Das ist der nächste Punkt, der mich stutzig gemacht hat.
Du… du stöhnst akzentfrei auf Deutsch. Ich meine beim
Sex. Wenn man so richtig in Fahrt ist… Ich meine, da kon-
zentriert man sich ja nicht auf eine Fremdsprache, sondern
lässt seinen Gefühlen derart freien Lauf, wie man es gewohnt ist."

Sylvie atmete tief durch.

„Du bist ein guter Beobachter", sagte sie. Ihr reizender Akzent war verschwunden, um einem klaren Hochdeutsch
Platz zu machen. Sie rückte auf dem Sitz ein wenig näher
zu mir, nahm meine Hände in die ihrigen und küsste mich
sanft. Dann flüsterte sie mir ihr Geheimnis zu.

Sie sei tatsächlich in der DDR, genauer gesagt an der Ost-
see in Rostock geboren und aufgewachsen. Seit drei Jahren
arbeitete sie in Paris als Spionin des HVA, des Auslands-
geheimdienstes der DDR. Sie sei eine sogenannte Romeo-
Agentin, die durch ihre weiblichen Reize Informationen
beschaffen soll. Dann nahm sie meinen Hut, stülpte die
Schweißbandschleife um und zog aus dem Zwischenraum
einen kleinen Zettel hervor. Er war säuberlich in Plastik-
folie eingebettet und nicht größer als mein kleiner Finger.

„Das ist der Grund, weshalb wir uns kennen. Die Zeiten

von Trojanischen Eiern und Cardano[5] sind schon lange vorbei. Heute chiffrieren wir mit modernen Methoden und diese Nachricht war für Alex bestimmt. Er sollte sie nach Budapest bringen. Aber der Hutmacher hat versehentlich dir den Hut gegeben. Zuerst wollten Alex und ich dir die Nachricht wieder abnehmen, aber dann sah ich in dir eine Chance für mich. Er war es ja auch, der dein Zimmer durchsucht hat. Wir konnten schließlich nicht wissen, dass du deine Sachen in die Reinigung gegeben hattest. Also überzeugte ich ihn, dass du, der du nichts von alldem wusstest, ein perfekter Kurier seist. Zumindest bis nach Österreich."

Während sie meine heile Welt zum Einsturz brachte, ratterte der Zug unaufhaltsam weiter. Zweifelnd blickte ich durch die Glastür unseres Abteils und das Waggonfenster dahinter auf die vorbeiziehende Landschaft. Genauso verzogen sich meine Vorstellungen, wie diese Welt beschaffen sei. All die Liebe und Leidenschaft – nur gespielt. Ich konnte es einfach nicht glauben. Sylvie nahm meine Hand und sagte: „Weißt du, es ist leichter, zu sagen: ‚Ich rieche nichts, also ist hier nichts', als sich einzugestehen, dass alles zu erkennen unsere Gaben uns verbieten. Ich habe le-

---

[5] beim Trojanischen Ei wird die Nachricht mit einer Alaun-Essig-Lösung auf ein hartgekochtes Ei geschrieben. Die Nachricht ist nur auf dem Eiweiß im Inneren, nicht aber außen auf der Schale sichtbar.
Cardan-Gitter: Chiffriermethode nach Gerolamo Cardano, italienischer Philosoph und Mathematiker, 1501 - 1576

diglich Schaden und Nutzen meiner Entscheidung gegeneinander abgewogen und so gehandelt, wie es in Summe für alle Beteiligten das Beste ist. Dass ich dich liebe, war nicht geplant."

Da ging plötzlich draußen am Gang die blaue Jacke vorbei! Diesmal war ich absolut sicher, dass er mich verfolgte. Vielleicht ein Gegenagent. Er sah mich an und seine Augen fielen ihm fast aus den Höhlen. Er riss die Tür zu unserem Zugabteil auf und schrie Sylvie an:

„Was zum Donner tust du hier? Du solltest doch in Paris bleiben! Was soll die ganze Kacke?" Sein wütender Blick fiel auf die Nachricht aus dem Hut. Er zog eine Pistole und zielte auf mich! Mein Herz blieb stehen, blanke Panik machte sich in mir breit. Unbewusst versuchte ich, noch weiter in die Sitzlehne zurückzurutschen. Sylvie stellte sich schützend vor mich.

„Alex, lass den Scheiß! Er weiß doch von nichts! Wir beide könnten zwischen Straßburg und Stuttgart den Zug verlassen und im Westen bleiben. Die Nachricht verwenden wir als Zeichen des guten Willens für die Behörden. Wir könnten endlich offiziell zusammenleben und glücklich werden."

„Du willst überlaufen? Bist du wahnsinnig! Das können wir der HVA nicht antun! Das können wir unserem Vaterland nicht antun! Ich will deine Worte vergessen, weil ich etwas für dich empfinde, aber ich werde dich im Auge behalten und der Führung raten, dich in Zukunft nur noch im Innendienst einzusetzen."

Ich verstand die Welt nicht mehr. Sylvie kannte die blaue Jacke? ER war dieser Alex? Die beiden waren liiert? Ich war mitten im Kalten Krieg gelandet. Nicht nur als Zuschauer, sondern ich war ungewollt aktiv an einer Spionageaktion beteiligt.

Dieser Alex war fest entschlossen, mich zu eliminieren, und der unvermeidliche Knall der Pistole schien ihn dabei nicht zu stören. Sylvie legte ihre Hand auf den Lauf seiner Waffe und versuchte, sie sanft nach unten zu drücken, doch ihr Spionagefreund stieß sie weg, um erneut auf mich zu zielen. Ein Gerangel entstand bei dem wir drei im Abteil umher kugelten.

Plötzlich löste sich mitten darin ein Schuss!

Er war leiser, als ich gedacht hatte. Der Knall war sogar im Geratter und Gerumpel des Zuges untergegangen und von den übrigen Fahrgästen unbemerkt geblieben. Im ersten Moment war ich noch sicher, ich sei getroffen worden, und rappelte mich in einer Ecke des Abteils zusammen. Ein ersticktes Röcheln wand sich mühsam über Alex´ Lippen. Seine Augen waren vor Überraschung weit aufgerissen. Der Schütze hatte sich mit unfreiwilliger Hilfe seiner Freundin selbst getroffen. „Scheiße! Alex!", zischte Sylvie. Sie griff ihm an die Halsschlagader und Tränen rannen ihr über die Wangen.

„Ist er tot?", fragte ich. Natürlich war er tot. Meine anfängliche Panik schien durch den Schock wie weggeblasen. Ich hatte noch niemals zuvor das Gefühl, so planlos zu sein und dennoch derart klar denken zu können. Was sollten wir tun? Was sollte ich tun? Die Polizei verständigen? Straßburg war nicht mehr weit und ab dieser Station würden ohnehin Zöllner im Zug sein. Aber das würde Sylvie gefährden. Sie würde mit Sicherheit verhaftet werden.

Während meine Zahnräder ratterten und dennoch keine Lösung in Sicht schien, hatte sich meine schöne DDR-Agentin wieder gefasst und professionell einen Plan geschmiedet.

„Okay. Hör zu! Kurz nach Straßburg hilfst du mir, ihn in die hinterste Toilette zu schaffen. Ich halte dir den Rücken frei und du trägst ihn. Die zusätzlichen Waggons werden am Anfang noch leer sein. In einen davon legen wir ihn. Wenn die Zöllner ihn später finden, wird es so aussehen, als habe er bereits vor dem Ankoppeln dort gelegen. Dann machen wir uns sauber und setzen uns in den Speisewagen."

Gesagt, getan. Es grenzte schier an ein Wunder, dass nicht nur der Schuss von den übrigen Fahrgästen unbemerkt geblieben war, sondern dass ich auch mit einer Leiche im Schlepptau ungesehen bis zur Toilette gelangen konnte. Einem Unbeteiligten mussten wir wie zwei betrunkene Freunde erschienen sein, die vom Speisewagen zum Abteil torkelten. Mein Magen hatte sich zu diesem Zeitpunkt bereits so oft umgedreht, dass er völlig verschlossen und nur noch ein dichtes Knäuel aus gordischem Gedärm sein musste. Die neuen Waggons waren tatsächlich noch leer. Immerhin etwas. Sylvie zog auf der Toilette ihrem toten Lebensgefährten die Hosen hinunter und wir setzten ihn passend hin. Danach legte sie seinen Revolver neben ihm auf den Boden, wischte die glatten Oberflächen des stillen Örtchens mit einem Taschentuch ab, versperrte mit einer Münze von außen die Toilette und drängte mich in unser Abteil zurück. Wir zogen uns um, stopften die blutverschmierten Kleidungsstücke in einen Plastiksack und diesen wiederum in Sylvies Rucksack. Ich hätte die Sachen ja aus dem Zug geworfen, aber meine schöne HVA-Agentin meinte, dass man die Kleider finden würde. Diese Spur könne zu uns führen und so alles gefährden. Sie würde die Beweismittel mitnehmen und bei Gelegenheit verschwinden lassen. Ich erkannte sie nicht wieder. So kalt, so berechnend, und doch so schön!

Sie versprühte ihr Parfum im Abteil und öffnete das Fenster, um den Pulvergestank zu vertreiben. Da das Projektil in Alex´ Körper steckengeblieben war, war kein Blut auf dem Boden des Abteils. Wenige Minuten später saßen wir im Speisewagen. Es war kurz nach halb zwölf abends. Wir waren die einzigen Gäste und der Kellner schien nicht gerade erfreut darüber, dass wir seine Pause so rüde unterbrachen. Ich bestellte mir einen Cognac. Den hatte ich bitter nötig. Sylvie nahm meine Hand, sah mir in die Augen und sagte:

„Alles wird gut! Glaub mir! Einige Kilometer hinter der deutsch-französischen Grenze geht es bergauf und wegen der Steigung wird der Zug langsamer. Dort springe ich raus. Ich werde jetzt gehen. Du bleibst hier. Such nicht nach mir! Wenn es so sein soll, werden wir uns wiedersehen. Es war sehr schön mit dir."

Ein letzter Kuss und alles, was mir blieb, war die Erinnerung. Voll von Liebe und Schrecken. Mir war speiübel.

Ich bestellte mir noch einen Cognac und starrte durch das Zugfenster und die vorbeirauschende nächtliche Landschaft ins Leere. Ich war davon überzeugt, dass die Zollwache meine Angst spüren musste. Schuldgefühle trieben mir den Schweiß in Strömen über das Gesicht. Der Stundenzeiger meiner Uhr kroch unendlich langsam auf die Eins zu. Als kurz vor Stuttgart die Beamten hektisch durch den Zug stapften, wusste ich, dass sie Alex gefunden hatten. Doch keiner der Fahrgäste wurde von der Polizei befragt. Unsere List war offensichtlich aufgegangen und mir fiel eine ganze Gebirgskette vom Herzen.

SAMSTAG

Zu Hause angekommen ließ ich mich auf mein Bett fallen und entfaltete die Nachricht. Da stand:

„CDOCFNCOAU ETRVRLARES OUATBSAYEX SSGEUAUDTO GOESSAHADX RBNELSCNLS AEGDF-CENIR"

Ich blickte auf den Hut des Anstoßes und murmelte:

„Na, Charlie. Weißt du, was das bedeutet?"

Lange schwankte ich zwischen den mir verbleibenden Optionen, die Geschichte der Polizei zu erzählen, oder sie für mich zu behalten. Letztendlich entschied ich mich für das Schweigen. Möglicherweise, weil ich hoffte, Sylvie irgendwann doch einmal wieder zu sehen.

EPILOG

Einige Wochen danach suchte mich die österreichische Kriminalpolizei auf. In ihrer Begleitung war ein Monsieur Fontembleau von der DGSE, der Direction Générale de la Sécurité Extérieure. Er zeigte mir Fotos von Sylvie und mir und stellte jede Menge Fragen. Ich berichtete, um mein schlechtes Gewissen zu beruhigen, von jedem Detail, an das ich mich erinnern konnte.

Nur zwei Dinge ließ ich aus: die Details zu unserer gemeinsamen Nacht und die Sache mit der Leiche und der Nachricht. Ich hatte durchaus das Gefühl, dass er mir Glauben schenkte.

Seine Frage nach Sylvies derzeitigem Aufenthaltsort konnte ich ihm allerdings nicht beantworten.

Er bedankte sich höflich für meine Kooperation und ging seines Weges. Ich vermute bis heute stark, dass meine Wohnung in dieser Zeit verwanzt wurde.

Aber da ich ja tatsächlich keinen Kontakt mehr zu meiner traumhaften Agentin hatte, sind die Batterien der Abhörgeräte sicherlich schon lange leer. Seit damals bewahre ich den Zettel in einer Holzschatulle im Schlafzimmer auf. Gemeinsam mit den Fotos vom Eiffelturm und der Zugfahrkarte. Hin und wieder betrachte ich die Nachricht.

Das Papier ist mit den Jahren vergilbt und eingerissen, die Buchstaben sind schlechter zu lesen und das Parfum haftet nur noch in homöopathischer Dosis daran. Ich überlege stets, welche Suppe der damalige Ostblock dem Westen mit dieser Information versalzen wollte. Hätte die Geschichte Europas vielleicht einen anderen Verlauf genommen? Was wurde aus Sylvie? Nach dem Mauerfall und der Ostöffnung überlegte ich, nach Rostock zu fahren und sie zu suchen. Vielleicht tue ich das sogar noch. Irgendwann.

– ENDE? –

Planetenmutter

Mein Name ist Mustashar Ibn Hekaya Bin Namsa. Dies ist ein Notruf von meinem interstellaren Forschungsschiff ESS Athena. Bitte kommen! Die Navigationskontrolle ist ausgefallen. Mein Kurs ist 1,61803 zu 4159. Bitte kommen!

Ich hatte das Gefühl, ich sei der erste Schattenproduzent über diesem einsamen Felsen im All. Die Ebene war so weiß und so unendlich. Der Horizont schien ringsum von den Luftspiegelungen unter der glühenden Sonne verschluckt worden zu sein. Der Zufall hatte mich in diesen abgelegenen Sektor unserer Milchstraße verschlagen. Das System war bislang noch nicht kartografiert worden, weil ein Haloc-Feld mit einem Durchmesser von 1,549 Lichtjahren die Sensoren ablenkte. Und in diese Gegend flog auch sonst niemand. Außer ich natürlich! Die Partikelsensorik, die normalerweise vor Weltraummüll und freien Teilchen warnt, erfasste eine Art Rückkopplung im Scanbereich. So stieß ich auf das namenlose System.

Am äußeren Rand der habitablen Zone kreiste ein einsamer Planet ohne natürlichen Trabanten oder künstlichen Satelliten. Nichtsdestoweniger war ich voll der Hoffnung auf eine friedliche Zivilisation und benötigte Ersatzteile. So nutzte ich kurzerhand die Manövrierdüsen, um in einen Orbit einzuschwenken.

Beim Anflug auf diesen Planeten hatte mir der Bordcomputer bereits mitgeteilt, dass jenes Objekt auf meinem Sichtschirm im Grunde genommen keine nennenswerten Erhebungen oder Vertiefungen hatte. Keine Berge, keine Täler. Nicht einmal Meteoritenkrater. Eine nahezu perfekte Kugel inmitten des unendlichen Weltraums. Ich dachte an die Fehlfunktion in der Navigationskonsole. So etwas konnte es doch gar nicht geben. Also schaltete ich den Computer aus und wollte das letzte Drittel des Landemanövers auf Sicht fliegen. Doch mit dem Öffnen des Sichtschutzes meines Schiffs reaktivierte ich den Rechner sofort wieder. Zu sehr wurde ich von der reflektierenden Oberfläche geblendet. Ich hatte mir erst vor wenigen Monaten den alten CX-100 Frachter gebraucht gekauft und mit all meinem Wissen eigenhändig renoviert. Dennoch waren mir einige Systemprogramme noch unbekannt. Vielleicht sollte ich endlich lernen, diesen Maschinen einfach mehr zu vertrauen.

Der Planet war tatsächlich eine riesige weiße Billardkugel. Die Landestützen meines Raumschiffs drückten sich kaum merklich in die sandartige Oberfläche. Die Sensoren teilten mir mit, dass die Atmosphäre hinter meinen Schleusentüren hinsichtlich des Drucks und der Sauerstoffkonzentration für Humanoiden durchaus akzeptabel sei.

Nun stand ich also da. Die Gravitation war um einiges stärker, als ich es von meiner Heimat gewohnt war.

Meine Knochen schienen mir zu dünn, um mein Gewicht zu halten, und mit der Zeit begannen sich meine Muskeln und meine Haut aufgrund der zwar genügenden und dennoch merklich abweichenden Atmosphäre aufzublähen. Ich fühlte mich wie ein Luftballon aus Blei. Nach wenigen Schritten war ich bereits derart erschöpft, als hätte ich einen stundenlangen Gewaltmarsch hinter mir. Die gleißende Sonne machte mir zusätzlich zu schaffen und mein Geist vernebelte zusehends. Ich musste schleunig zurück ins Schiff. Zu meinem Entsetzen war es im heißen Flimmern verschwunden. Oder hatte ich die Orientierung verloren und suchte in der falschen Richtung? Ich drehte mich im Kreis. Versuchte meine vom Schweiß tränenden Augen zu fokussieren. Vergeblich! Meine Beine gaben nach und ich konnte mich nur noch mühevoll auf Händen und Knien vorwärtsschleppen. Das Atmen fiel mir mit jedem Mal schwerer und meine Finger fühlten sich an, als seien sie einen Meter dick.

Da tauchte aus dem Schwirren und Flimmern vor mir etwas auf, das ich keineswegs erwartet hatte und das auch nicht real sein konnte. Ein Haus! Schmuck und sonnenblumengelb gestrichen. Es sah aus, als hätte man es aus einem Kinderbuch ausgeschnitten und auf die weiße Oberfläche dieses Planeten geklebt. Mit einem roten Dach. Ringsherum ein Rasen so grün, wie ich es noch nie in der Galaxie gesehen hatte. Ein Baum mit roten Äpfeln daran spendete Schatten. Das Ganze umzäunt von einem weiß gestrichenen Holzzaun, nur unterbrochen von einer Gartentüre. Aus dem Schornstein stieg ein feiner Faden aus grauem Rauch hervor. Da war Kinderlachen, eine Erinnerung an eine sanfte Brise und so mobilisierte ich meine letzten Kräfte, um zu diesem Haus zu gelangen, das mir in meiner Vorstellung Schatten, Kühle und Wasser versprach.

Mühselig und langsam kam ich voran. Doch schließlich erreichte ich das Gartentor und stieß es auf. Sobald meine Finger den Kiesweg zum Haus berührten, schienen die Steine zu wachsen. Oder schwanden meine Glieder? Immer größer und größer wurden die Kiesel und drohten, mich zu erdrücken. Ich stemmte mich auf und versuchte zu fliehen. Doch vergebens! Einer der Steine, die inzwischen den Olympus Mons an Größe zu übertreffen schienen und in Form und Farbe immer mehr Ähnlichkeit mit dem Planeten hatten, überrollte und verschlang mich. Im Inneren war es, abgesehen von angenehm kühlen Temperaturen, beinahe so wie draußen: gleißend und grenzenlos weiß. Ich hatte das Gefühl, zu schweben. Es gab kein Oben, kein Unten; völliges Fehlen von Bezugspunkten.

„Was bist du?", fragte mich eine Stimme. Sie schien in meinem Kopf zu sein und klang wie meine eigene. Ich schrie aus Leibeskräften. Vielleicht, um mir zu beweisen, dass ich wirklich noch da war, dass ich noch am Leben war. Angst wallte in mir auf und ich schrie noch lauter, bis ich heiser verstummte. Ich meinte, verrückt zu werden, und versuchte daher, mich zu konzentrieren, mich zu fokussieren. Da fragte die Stimme erneut:

„Was bist du?"

„Ich bin Mustashar. Ein Mensch vom Planeten Erde", antwortete ich schließlich.

„Ich bin ein Forscher und hier auf diesem Planeten notgelandet. Wer bist du?"

„Ich bin … wir sind … das Kind unserer Mutter. Du nennst deine Planetenmutter Gaeja. Ist unsere Mutter auch Gaeja? Was tust du auf ihr?"

„Ich denke nicht, dass dieser Planet Gaeja heißt. Das ist nur der Name, den wir ihm einst gegeben haben. Und wie gesagt, ich bin Forscher. Ich suche nach Dingen, die ich noch nicht kenne, um diesen Umstand zu ändern. Ich sammle Wissen und teile es mit denen, die es haben möchten. So entwickeln wir uns weiter."

„Wer ist ‚wir'?"

„Meine Spezies, die Menschen."

„Warum fliegen die Menschen zu den Sternen?"

Ich überlegte.

„Nun ja, früher, als der Großteil der Menschen noch auf dem Land und in mehr oder weniger vergleichsweise kleinen Siedlungen wohnte, überzogen in klaren Nächten die Sterne dicht an dicht das Firmament. Die Menschen blickten ehrfürchtig auf ob der Unendlichkeit des Alls und der relativen Kleinheit der Welt. Sie waren dankbar, dass auf einem derart unbedeutenden, kleinen Felsen im Nirgendwo Gott der Allmächtige das Wunder des Lebens möglich gemacht hatte.

Als die Siedlungen zu Städten und die Öl- zu Gaslampen wurden, wurden die Sterne weniger. Zunächst fiel es niemandem auf, weil nur die kleinsten und schwächsten erloschen waren. Doch spätestens als die Elektrizität die Nacht zum Tag machte, verschwanden nahezu alle Sterne. Die Menschen hörten auf, ehrfürchtig zum Himmel zu blicken und sie vergaßen die Gnade, die ihnen zu Teil geworden war. Sie vergaßen, woher sie gekommen waren und wussten daher auch nicht, wohin sie gehen sollten. Streit über die richtige Richtung brach aus und erst, als sie sich besannen und aus den Städten auszogen, tauchten die Sterne wieder auf.

Die Sehnsucht; die unstillbare Sehnsucht nach der Ferne der Sterne entbrannte erneut in ihren Herzen und weil sie alle den gleichen Traum von der Sehnsucht hatten, verzieh ihnen Gott ihre Irrungen. So, wie man einem Kind vergibt, denn sie hatten nicht gewusst, was sie getan hatten."

Stille. Dann sprach die Stimme:

„Dein Metallkörper hat Mutter verletzt. Warum hast du das getan?"

„Ich wusste nicht, dass ich auf einem Lebewesen gelandet bin. Ich dachte, das wäre ein Planet. Verzeiht mir bitte. Es war keine böswillige Absicht dahinter."

„Wenn du wieder wegfliegst, werden wir dir verzeihen. Sind wir jetzt auch Forscher?"

„Wie kommt ihr darauf?"

„Wir kannten dich nicht und haben diesen Umstand geändert. Wir nennen Mutter von nun an auch Gaeja."

„Das könnt ihr machen, wie ihr wollt. Ich bin sicher, bei mir zu Hause hat niemand etwas dagegen, wenn ihr eure Mutter so nennt."

„Wir haben dieses neue Wissen nun mit uns und Gaeja geteilt. Sind wir jetzt Forscher?"

„Ja, das seid ihr. Mein Schiff ist defekt und ich brauche Ersatzteile um es zu reparieren. Könnt ihr mir helfen?"

Einige Herzschläge später kam die Antwort:

„Scan läuft … Leichter Frachter der VCX-Reihe … Repulsor-Antrieb ineffizient … Hyperantrieb … Frakturen im dorsalen Antimateriekoppler … Navigationssensorik … Back-up-Virus entdeckt … Wir haben dein Schiff erforscht und die Fehler gefunden. Wenn wir sie beheben, wirst du Mutter verlassen?"

„Ja, natürlich. Das sagte ich doch bereits. Darf ich also zu meinem Schiff zurück?"

Und damit wurde meine Umgebung augenblicklich dunkler. Erst als sich meine Augen wieder an die veränderten Lichtverhältnisse gewöhnt hatten, erkannte ich, dass ich wieder in meinem Raumschiff saß. Die Anzeigetafeln blinkten, als ob nie etwas passiert wäre, und schienen mich auszulachen. Draußen war alles so weiß und unendlich wie zuvor. Ich untersuchte die vormals beschädigten Systeme, um sie tatsächlich repariert und funktionsfähig vorzufinden. Wie versprochen startete ich unverzüglich die Triebwerke, entfernte mich von dem Planetenwesen und schlug einen Kurs hinaus aus dem Haloc-Feld hin zum nächsten Sonnensystem ein. Hinter mir wurde die weiße Kugel rasch kleiner und verschwand alsbald in der Unendlichkeit des Weltraums.

Neuer Eintrag im stellaren Kartografiesystem:
Alpha Quadrant, Sektor 73: Achtung! Haloc-Feld; Ausdehnung 1,549 lj; Sensorstörungen wahrscheinlich! Wenn möglich, Sektor meiden!

Der Tempel des Eislöwen

Als ich von meinem Abenteuer auf dem Mond wieder zurück in Wien war, erzählte ich natürlich zunächst meiner Familie davon. Doch wie zu erwarten, wollte mir niemand glauben. Selbst als Hans alles bestätigte, meinte mein Vater mit verständnisvollem Lächeln nur, er habe in seinen Jugendjahren auch hin und wieder zu tief ins Glas geschaut. Es war deprimierend. Nur Madita hörte meinen immer spärlicher werdenden Ausführungen stets aufmerksam zu. Ich durchlebte schlaflose Nächte. Immer wieder erschien mir Hubal im Traum und wollte mich bei lebendigem Leibe verspeisen. Ich befürchtete schon, den Verstand zu verlieren. Nach einem guten Monat suchte ich Rat bei Herrn Eckstein, dem Trödler, der mich erst auf die Spur meines Abenteuers gebracht hatte.

Er saß wie immer an seinem Schreibpult, umringt von allerlei fantastischen und zum Teil surrealen Dingen. Der Geruch von Zedern, altem Papier und Tabak wohnte dem ganzen Laden inne. Es hätte mich nicht gewundert, wenn er Aladdins Wunderlampe – die echte natürlich – auch in seinem Sammelsurium gehabt hätte. Ich schilderte im Detail meine Erlebnisse auf unserem Trabanten, die bei dem alten Juden keineswegs Belustigung oder gar Unglauben auslösten. Im Gegenteil. Er rückte während meiner Ausführungen ein paar Mal seine Brille zurecht und schien immer gespannter zuzuhören. Als ich geendet hatte und seinen Rat erbat, meinte er:

„Nu ja, mei Bocher[6]. Du sagst also, dass diese Bhati mehr als nur a Tor aus Mondstein gebaut haben? Da wolle ma doch amal ganz egoistisch sein und annehmen, dass alle a Gegenstück hier auf unserer lieben Mutter Erde haben. Sie wären sicherlich nicht alle an ein und demselben Ort. Gott liebt die Vielfalt und wenn die Bhati Gottes Wesen sind, so lieben auch sie die Abwechslung. Vielleicht findest du irgendwo noch so a Tor. Das wär selbst für an Chóchem[7] wie mich ein Abenteuer.

Aber ohne Schneid und a bisserle Chuzpe[8] kommst du da nicht weit. Du wirst über deine eigenen Grenzen ebenso hinweggehen müssen, wie über die Grenzen unseres Vaterlandes."

Das klang für mich nach einem Plan! Die Universität war meine erste Anlaufstelle. Zwischen den Vorlesungen durchkämmte ich die Bibliothek nach Hinweisen. Was genau ich da eigentlich suchte, wusste ich zu diesem Zeitpunkt noch nicht. Schwarze Tore, Portale in eine andere

---

[6] Bursche, Junggeselle. jiddisch בחור (bokher), hebräisch בָּחוּר (bāḥūr) „junger Mann". Im Jiddischen eigentlich der Talmudbeflissene, der Schüler des Rabbi.

[7] Weiser, Gelehrter. hebr. חכם chacham, chochem „weise, klug"

[8] Chuzpe (jiddisch חוצפה (chùtzpe) von hebräisch חֻצְפָּה (chuzpà) für „Frechheit, Anmaßung, Dreistigkeit, Unverschämtheit" ist eine Mischung aus zielgerichteter, intelligenter Unverschämtheit, charmanter Penetranz und unwiderstehlicher Dreistigkeit.

Welt, in die Unterwelt oder … Ja, genau! Selbst für uns moderne Menschen waren die Bhati technologisch weit fortgeschritten. Sie konnten nicht nur Sternenschiffe bauen, sondern auch Raumportale. Wenn sie nun vor einigen Hundert Jahren die Erde besucht hätten, müssten sie einem Menschen aus dieser vergangenen Epoche vermutlich wie Götter erschienen sein. Also konzentrierte ich meine Suche auf Zeus, Hera, Hades und all die anderen Götter der Antike. Der Sommer zog ins Land und während meine Kommilitonen in den Schanigärten des Praters ihr Studentenleben feierten, vergrub ich mich immer tiefer in Leder, Leinen und Broschur. Anfangs versuchte Hans mich noch von meinem Vorhaben abzubringen, doch eine hübsche Kellnerin hatte bald seine volle Aufmerksamkeit. So ließ er mich mit einem „Wer nicht will, der hat schon!" in Frieden.

Es fand sich nichts Passendes in der griechischen Götterwelt, doch das Glück war mir dennoch hold. Einem Logenbruder aus Dänemark, der bei uns zu Besuch war, erzählte ich, ohne viel ins Detail zu gehen, von meinem Dilemma. Er schlug vor, meine Suche auf Odin, Thor und die anderen Asen auszudehnen. Obschon auch dieser Versuch im Endeffekt fruchtlos blieb, brachte er mich dazu, meine Suchkriterien noch weiter über die Erde zu spannen.

Gut drei Wochen lang saß ich täglich in der Bibliothek meines Herrn Vaters und fand schließlich einen Reisebericht des ehrenwerten Baron Emanuel von Friedrichsthal[9]. Er erforschte in den 40er Jahren die mexikanischen Ruinenstädte der Maya. Der Herr Maler[10] war ja vor wenigen Jahren auch dort gewesen und hatte schöne Photographien von verlassenen Maya-Städten wie Uxmal aufgenommen. Die Durchsicht der Bilder im Lager des Kunsthistorischen Museums lieferte mir den bislang besten Hinweis auf eines dieser Portale vom Mond: Die Maya opferten Gold, Nahrung und sogar Menschen den Göttern, indem sie dies alles in die sogenannten Cenotes[11] warfen. Dabei handelt es sich um kreisrunde Löcher im Fels, die durch den Einsturz einer Höhlendecke entstanden sind und auf deren Grund eine Süßwasserquelle ist. Diese Seen haben zwischen wenigen und mehreren Dutzend Metern im Durchmesser. Wohin verschwinden die ganzen Opfergaben? Irgendwann hätte der See ja voll sein müssen. Das Verrotten des organischen Materials kam meiner Ansicht nach nicht infrage. Immerhin wurden die Seen zusätzlich als Trinkwasserquellen genutzt und sowohl verfaulende

---

[9] Baron Emanuel von Friedrichsthal (1809-1842), österreichischer Reiseschriftsteller, Pionier der Fotoexpedition in Mittelamerika und erster Sekretär der österreichischen Legatschaft in Mexiko.

[10] Teobert Maler (1842-1917). Deutsch-österreichischer Architekt, Bauingenieur, Fotograf, Entdecker und Erforscher von Maya-Ruinen.

[11] Spanisch Cenote von Mayathan ts'ono'ot.

Leichen als auch verrottende Lebensmittel hätten das Wasser über kurz oder lang vergiftet. Tiere konnten auch nicht alles herausfressen. Dafür waren es zu viele Opfergaben. Das Gold hätte kein Maya-Indianer wieder herausgeholt. Das wäre pure Blasphemie gewesen. So man nicht Prometheus ist, stiehlt man doch nicht von den Göttern!

Das ließ nur zwei Schlüsse zu: Entweder die Löcher im Fels waren tiefer als das Meer selbst, oder am Grund der Seen lag jeweils eines meiner gesuchten Dimensionstore. Selbstredend zog ich Hans erneut ins Vertrauen, doch der war ja wieder einmal unsterblich verliebt. Er hatte das junge Ding erfolgreich einem Deutschmeister ausgespannt und war ob dieses Sieges überglücklich. Lächelnd klopfte er mir daher auf die Schulter und mit den Worten: „Du weißt doch, wie ich bin: in taberna mori! Am besten mit dieser wundervollen Ann-Marie", zog er seine amourösen Abenteuer der unsicheren Reise nach dem fernen Mexiko vor.

So plante ich mein Vorhaben alleine und schrieb an Herrn Teobert Maler in Mexiko, welche Ruinenstädte eine dieser Cenotes aufwiesen. Wochen vergingen, doch dann erreichte mich Anfang August seine Antwort:

Sehr geehrter Herr Schleh!
Zunächst danke ich Ihnen für Ihr Interesse an der Archäologie im Allgemeinen und meiner Arbeit im Besonderen. Ich kam kurz vor dem bedauernswerten Dahinscheiden unseres Erzherzogs

Maximilian nach Mexiko, bin nun schon mehrere Jahre auf der Halbinsel Yucatan unterwegs und habe die Bauten der Maya aus architektonischer Sicht akribisch erforscht.

Was Ihre Frage nach den Opferstätten anbelangt, kann ich Ihnen daher nur mitteilen, dass diese bisher nicht mein Hauptaugenmerk genossen! Ich bin Ingenieur und Architekt, kein Religionsforscher. Nichts desto weniger habe ich eventuell doch etwas für Sie: Vor Kurzem habe ich im Süden der Halbinsel eine schmucke Ruinenstätte entdeckt und ihr den Namen Yaxchilán gegeben. Das ist Mayathan, die Sprache der dortigen Indianer, und bedeutet „grüne Steine". Der ursprüngliche Name der Stadt lautete allerdings „Siyaj Chan", was man mit „im Himmel geboren" übersetzen kann. Ich war so frei, Ihnen anbei einige Photographien mitzusenden, damit Sie sich ein adäquates Bild machen können. Yaxchilán liegt, anders als andere Stätten, mitten im Urwald am Ufer des Rio Usumacinta. Daher auch der Name. Die Mauern sind durchwegs von Moos bewachsen. Der Cenote dieser Anlage befindet sich im westlichen Teil des Komplexes.

Ich werde die nächsten Monate in Mérida, im Norden von Yucatan, aufhältig sein. Falls Sie sich zu der Expedition entschließen sollten, telegraphieren Sie mir bitte. Möglicherweise finde ich die Zeit, Sie zu begleiten.

Hochachtungsvoll

T. Maler

Ich war Feuer und Flamme. Eine Stadt, die buchstäblich im Himmel geboren wurde, musste ein Portal der Bhati beherbergen! Die letzte Hürde vor meiner Abreise war finanzieller Natur. Nach meinem Abenteuer auf dem Mond war mein Vater äußerst skeptisch, was meine Auslandsaufenthalte betraf. Zwar glaubte er mir noch immer nicht, dass ich auf unserem Trabanten war, jedoch konnte ich ihn mit Malers Brief davon überzeugen, dass meine Reise durchaus wissenschaftlicher Natur war. Als er mir einen Umschlag mit Banknoten aushändigte, klatschte Madita erfreut in die Hände und umarmte mich.

„Wie gerne würde ich mit dir reisen, Bruderherz!"

„Nächstes Mal vielleicht. Doch diesmal musst du noch auf Mutter aufpassen, damit sie sich nicht allzu sehr sorgt."

Mein liebes Mütterlein weinte beim Abschied. Ihre Bedenken waren durchaus berechtigt. Der gesamte panamerikanische Kontinent war zwar seit einem guten Jahrzehnt offiziell sklavenfrei, jedoch wollten Gerüchte nicht verstummen, die partout das Gegenteil behaupteten. Man munkelte, dass auch ahnungslose Weiße, die durch die abgeschiedenen Landstriche zogen; fernab jeglicher Zivilisation ihr Glück suchten, von wilden Eingeborenen verschleppt und bestenfalls in die Sklaverei verkauft wurden. Doch ich hielt das alles ebenso wie Vater für Humbug und trotz seiner ernsten Miene wusste ich, dass auch er gerührt war.

Meine Reise führte mich zunächst nach Hamburg, wo ich mich auf der „Suevia" einschiffte. Das HAPAG-Schiff brachte mich innerhalb weniger Tage sicher nach New

York. Von dort gelangte ich mit einem namenlosen Seelen-verkäufer und deutlich weniger komfortabel nach Pro-greso de Castro, der durchaus modernen mexikanischen Hafenstadt nördlich von Mérida.

Meine erste Nacht auf mexikanischem Boden war uner-träglich heiß und schwül. Ich setzte mich am Abend in eine kleine Taverne und bestellte Palatschinken mit Hüh-nerfleisch, einer Avocadosauce und Bohnen. Die Mexika-ner nennen das „Fajita con Pollo". Es schmeckte ausge-zeichnet und dank einiger gewiefter Schweizer und Bay-ern konnte man hier sogar ein ausgezeichnetes Bier trin-ken. Die Taverne bot überdies Übernachtungsmöglichkei-ten, was mir die leidige und zeitraubende Suche nach ei-nem Hotel ersparte. Das Zimmer war schlicht und sauber. Es roch nach Salzwasser und frischer Farbe.

Aufgrund meiner Müdigkeit war das völlig ausreichend. Als ich erwachte, glaubte ich mich gerade aus einem os-manischen Dampfbad entstiegen und nicht aus einem Bett. So durchgeschwitzt war ich. Wie konnte man nur bei so einer Hitze leben? Ich legte einen luftigen Leinenanzug an, rückte meinen Hut zurecht und ging los. In Herrn Ma-lers Büro sagte man mir, der Hausherr sei vor wenigen Ta-gen nach Mexiko-Stadt gereist und werde frühestens in zwei Monaten zurückkommen. So lange wollte ich natür-lich nicht warten. Kurzerhand engagierte ich mir einen einheimischen Führer, der zuvor schon mit dem österrei-chischen Architekten in Yaxchilán gewesen war.

Marcelino war in meinem Alter, aber um fast zwei Köpfe kleiner als ich. Allgemein scheinen die Maya ein eher kompaktes Völkchen zu sein. Egal wohin wir kamen, immer war ich um mindestens einen Kopf größer als die Einheimischen. Marcelino sprach nicht nur Spanisch, sondern auch mehrere Maya-Dialekte, was uns im Hinterland schnell vorwärtsbrachte. Gut drei kräftezehrende Wochen später – teils zu Pferd, teils zu Fuß – erreichten wir ein kleines Urwalddorf am Ufer des Rio Usumacinta. Zwar hieß die Ansammlung an Strohhütten „Jerusalem", aber nichts erinnerte an diesem gottverlassenen Ort an das Heilige Land.[12] Bis zu diesem Zeitpunkt wusste ich nicht, was mich bei der Reise mehr störte: die feuchte Hitze, die meine Kleidung am Leib zum Verschimmeln brachte, die Moskitos, die mich unzählige Male stachen, oder die Spinnen und Skorpione, die allmorgendlich aus den Stiefeln geklopft werden mussten. Doch nun bestiegen wir ein wackeliges Boot und schipperten zwischen Krokodilen und Stromschnellen hindurch den Fluss hinab. Das übertraf eindeutig alle Moskitos, Spinnen und Skorpione.

60 nervenaufreibende Kilometer später legten wir am Westufer an und kämpften uns mit Macheten durch das dichte Dickicht. Brüllaffen begrüßten uns mit lautem Geschrei und aus allen Richtungen sangen Vögel ihre Lieder. Die Luft war feucht wie in einem osmanischen Dampfbad.

---

[12] Schleh spricht hier offenbar von dem Dorf Arroyo Jerusalén.

Nach wenigen Minuten stießen wir auf erste Ruinen und Mauerreste, bald danach auf die Tempelanlage, die laut Marcelino zum Cenote führte. Das kleine Gewässer befand sich dort, wo in früheren Zeiten der heilige Bezirk dieser Stadt gelegen war, umgeben von Urwaldriesen, das senkrecht abfallende Ufer von Lianen, Farn und dicken Moospolstern bedeckt. So kreisrund und tief blau war das Wasser, dass man leicht verstehen konnte, dass die Ureinwohner dieses Naturwunder für etwas Göttliches hielten. Mich erinnerte es an ein überdimensionales Auge. In meinem Rucksack hatte ich ein 20 Meter langes Seil mitgenommen. Das wurde nun mit einem Stein an einem Ende zu einem Lot umgewandelt. Der ganze See war zwischen vier und sieben Metern tief, doch an einer Stelle sank das Gewicht so weit hinab, dass mein Seil zu kurz wurde. Dort wollte ich meine Suche nach dem Portal beginnen. Ich legte Stiefel, Hemd und Hose ab, schnallte mir den Gürtel mit der Machete um die Hüften und kletterte vorsichtig ins Wasser. Marcelino ging nervös auf und ab und beschwor mich bis zum letzten Augenblick, doch bitte von meinem Vorhaben abzulassen.

„Madre de dios, tengo un mal presentimiento", warnte er mich gutgläubig, denn trotz seines christlichen Glaubens waren die alten archaischen Götter noch in seinem Unterbewusstsein präsent.

Ich schalt ihn einen Feigling und schwamm durch das eis-
kalte Wasser zu der Stelle, an der ich das Portal vermutete.
Unter mir sah ich den Grund des Sees. Steine, Felsen, Ge-
äst. An besagter Stelle lag ein schwarzes Nichts unter mir.
Mit meinem ersten Abtauchen erreichte ich nur knapp den
Grund und verschwommen erkannte ich es: ein schwarzer
Obsidian von gut drei Diametern und glatt wie blankes
Eis! Ich tauchte auf, rief zu Marcelino, dass ich gefunden
hätte, wonach ich suchte und dass er mir meine Ausrüs-
tungstasche zuwerfen solle. Darin hatte ich vorsorglich
Kompass, Schwefelhölzer und Kleidung in Öltüchern
wasserdicht verpackt. Die Tasche umgehängt holte ich tief
Luft und tauchte mit kräftigen Stößen auf die Schwärze
zu.

Meine größte Angst bestand darin, dass mir eventuell die
Luft ausgehen könnte. Doch das erwies sich als unbegründet, denn sobald ich das Portal durchschwommen hatte,
wurde das Unten mit dem Oben vertauscht und ich durch-
brach mit dem nächsten Tempo die Wasseroberfläche. Ein
erster Rundblick zeigte mir, dass ich offenbar in einem fla-
chen, kreisrunden Brunnen mit wenigen Metern Durchmesser gelandet war. Die Luft war empfindlich kalt, was
mich zügig aus dem Wasser trieb. Der Raum, in dem der
Brunnen lag, schien mir ein Würfel zu sein. Die Mauern
aus weißem Marmor. Menschliche Figuren zierten als Re-

lief diese Wände. Arbeiter, die Feldfrüchte ernteten, so etwas wie Astronomen, die den Himmel beobachteten und … ein Sternenschiff! Ähnlich dem, das mir Hubal beschrieben hatte. Ich war also auf dem richtigen Weg. Mäßiges Licht quälte sich durch einen zerschlissenen, dunklen Vorhang, der nur noch von seinen Löchern zusammengehalten wurde und eine komplette Seitenwand des Kubus ersetzte. Die Lichtstrahlen tanzten im Takt eines leichten Windhauchs auf den Szenen an den Wänden auf und ab. Meine Kleidung war trotz der Vorkehrungen nass geworden. Ich streifte sie dennoch über und hoffte, meine Körperwärme würde sie bald trocknen. Lediglich die Schwefelhölzer und der Kompass hatten den Tauchgang heil überstanden. Vorsichtig lugte ich durch den antiken Brokat in den nächsten Raum. Niemand zu sehen. Sowohl erleichtert, als auch ein wenig enttäuscht trat ich vor den Vorhang. Nun stand ich in einer großen Halle, einer Kirche nicht ganz unähnlich. Offenbar war ich soeben aus dem Sanctum eines Tempels gekommen, denn vor mir stand ein gutes Dutzend Reihen an niedrigen Sitzbänken. Ein Mittelgang führte von meiner Position hindurch bis zum Eingangstor. Über dem geschlossenen Portal prangte als einziger Schmuck dieses Raums ein überdimensionaler Löwenkopf. Da aus seinem Maul gleichsam Sonnenlicht strahlte, erkannte ich ihn als Fensterverzierung. Ich selbst befand mich an jener Position, die der Priester in der Regel einnahm. Der übrige Raum war schmucklos und mindestens zehn Meter hoch. Nicht so verziert wie das Sanctum. Die linke Seite wurde von vier hohen Fenstern aus blauem Glas unterbrochen, durch die ebenfalls das Sonnenlicht den Raum erhellte. Rechts von mir führten drei Stufen durch eine niedrige Türöffnung in einen Nebenraum. Da ich wie gesagt noch nass war, huschte ich schnell dort hinein. Ich erhoffte mir eine Art Sakristei, in der ich mit viel Glück trockene Kleider finden könnte. Doch ich wurde enttäuscht. Zwar schien es die Umkleide der Priester zu sein, doch fand ich weder Mäntel noch Beinkleider. Eine Wendeltreppe führte nach oben. Lauschend hielt ich am Absatz den Atem an. Noch immer nichts zu hören. War dies wieder der Mond? Dann war ich sicherlich allein. Wenn es denn ein anderer Ort sein sollte, musste ich jeden Augenblick mit Gesellschaft rechnen. Doch alles blieb still. Die gewundene Treppe mündete in einem schmalen Gang, der parallel zum darunterliegenden Tempelraum verlief. Diese Passage führte mich zu einer Kammer oberhalb des Eingangstors. Nun stand ich im Kopf des Löwen, der im Inneren nur circa drei mal drei Meter maß, und konnte schräg unter mir die Sitzreihen sehen. Das Licht strömte durch zwei ovale, blaue Fenster gegenüber und erhellte den kleinen Raum derart, dass man meinen konnte, man stehe in der prallen Sonne. Offenbar waren diese Fenster Projektionslinsen, die das Licht von draußen bündeln und verstärken konnten. An der Gangseite des

Raums war auch noch eine kleine, mit Eisen beschlagene Holztür, die ich vorsichtig zu öffnen versuchte. Knarrend gab sie nach und ich stand im Freien. Doch nicht wie erwartet auf einem Balkon oder einer Terrasse, sondern auf blankem Fels. Der Tempel schien in einen Berghang gehauen oder gebaut worden zu sein. Mein Blick wanderte suchend nach oben. Wenn ich die Erde am Firmament fand, so überlegte ich, war ich auf dem Mond. Wenn nicht … Nun, kurz gesagt, meine Heimat zierte dieses fremde Firmament nicht. Stattdessen eine enorme, blau leuchtende Sonne, die entgegen ihrer Größe ein mildes Licht abgab. Große Nadelbäume mit weißer Rinde standen dicht an dicht vor mir. Ich entschloss mich, durch diesen Wald nach unten zu gehen und die Umgebung des Tempels zu erkunden. Nach wenigen Hundert Metern lichtete sich das bleiche Unterholz und der Hang wurde für wenige Schritte flacher, um sodann in einer breiten Prunktreppe zu enden. Die Stufen verloren sich im Nebel tief unter mir, was Unbehagen in meinem Magen auslöste. Also drehte ich auf dem Absatz um und bemerkte erst jetzt die mannshohen Adlerstatuen. Jeweils vier von ihnen standen lauernd im Halbkreis um mächtige Marmorsäulen, die sich ab dem oberen Drittel baumartig verästelten und zu einem Torbogen zusammenliefen. Dies schien der äußere Grenzbereich des Tempelbezirks zu sein.

Dass ich noch immer keiner Menschenseele begegnet war, war mir nach den Erlebnissen auf dem Mond nicht mehr neu. Meine Vermutung war, dass die Bhati auch von hier weitergezogen waren und ihre Bauwerke schon vor Langem dem Zahn der Zeit überlassen hatten. Unbekümmert wandte ich mich Richtung Tempel und staunte nicht schlecht, als ich ihn wenige Minuten später vor mir erblickte. Drei mal drei breite Stufen führten zum Tempelportal. Am unteren Absatz thronten wieder links und rechts jeweils vier Adler.

Wie zuvor standen sie an zwei mächtigen Säulen, doch diesmal bildeten sie die Vorderbeine eines enormen Löwen, der die gesamte Fassade einnahm. Sein weit geöffnetes Maul barg das Tor und in seinen Augen erkannte ich die blauen, ovalen Fenster von vorhin. Die Adler bildeten somit die Klauen des Raubtieres. Das Tor war fest verschlossen. Es war noch immer empfindlich kalt und ich fror wie ein Schneider. Also eilte ich seitlich am Tempel den Hügel wieder hinauf und durch die kleine Tür zurück ins Innere. Mein Hauptaugenmerk galt weiterhin dem Erwerb trockener Kleider, was mich meine Vorsicht gänzlich vergessen ließ. Ich war schon fast die gesamte Wendeltreppe wieder hinuntergeeilt, als ich Stimmen hörte. Die Sprache war mir unbekannt. Hockend machte ich mich auf den letzten Stufen so klein wie möglich und lauschte angestrengt. Man kann sich vorstellen, welchen Schreck ich bekam, als plötzlich ein Mann in grauer Kutte vor mir stand und mich an der Schulter fasste. Panisch versuchte ich, mich mit Händen und Füßen wieder nach oben zu hieven, aber da waren schon zwei weitere Kutten da und hielten mich fest. Im Strampeln und Fluchen bemerkte ich, dass mir die Männer keine Schmerzen zufügten, sondern mich nur festhielten. Sie redeten auf mich ein und als sie realisierten, dass ich sie nicht verstand, runzelten sie kurz ihre Stirnen, sahen sich an und schmunzelten. Dann sprach mich der Erste auf Deutsch an:

„Also das ist eine feine Überraschung! Diese Sprache haben wir ja seit Ewigkeiten nicht mehr gesprochen. Und wie wenig sie sich im Lauf der Zeit verändert hat. Unvorstellbar!"

Der Zweite stieß ihn in die Seite und meinte:

„Du solltest dich vielleicht erklären. Dieser junge Mann ist ja ganz verängstigt. Und dann plapperst du einfach so drauf los. Er hat doch keine Ahnung von uns."

Meine Augenbrauen wanderten unaufhaltsam nach oben. Mein Mund klappte im gleichen Tempo auf und hätte ich etwas sagen wollen, hätte es mir gewiss die Sprache verschlagen.

„Er friert", sagte der Dritte. „Wir sollten ihm warme, trockene Kleidung geben."

„Eine herausragende Idee!", meinte der Erste und streckte mir seine Hand entgegen. Er half mir auf und nun stand ich den drei Fremden Auge in Auge gegenüber. Diese waren durchgehend schwarz und ob des Fehlens von Pupille und Iris ein wenig unheimlich. Die Haut der Männer schien aus Porzellan zu sein. Ebenmäßig und glatt, grau und doch nicht alt. Ein Rückschluss auf ein auch nur annähernd geschätztes Alter war mir nicht möglich. Sie lächelten mich jedoch freundlich an und der Erste brach erneut das Schweigen:

„Ich bin Bhaskara und das sind meine Kollegen Drapsa und Udupati. Wir sind die letzten Hüter der Bhati hier auf diesem Planeten. Du wunderst dich gerade, weshalb wir deine Sprache sprechen. Wir sehen deine Gedanken in groben Zügen und haben uns daran erinnert, dass wir vor vielen Jahren bei deinem Volk zu Besuch waren. Allerdings ist es ungewöhnlich, dass jemand nach all den Jahren durch den Brunnen hierher gelangt. Du wusstest davon. Du bist nicht unabsichtlich an diesen Ort gekommen. Wir erkennen nicht alles. Manches musst du uns erzählen. Woher wusstest du von dem Brunnen?"

Während er sprach, ging Drapsa weg, um kurze Zeit später mit einer trockenen grauen Robe wieder zukommen. Ich legte sie an und wir setzten uns in den Tempelraum. Dort erzählte ich dann ausführlich von der Reise zum Mond, von Hubal, der mich fressen wollte, von der Zerstörung des Mondtores und meiner Recherche nach weiteren Portalen. Bhaskara strich sich nachdenklich über sein Kinn. Seine langfingrigen Hände spielten nachdenklich mit einigen Kieseln. Die Daumen der Bhati hatten ein zusätzliches Gelenk, was diesen Wesen ein noch befremdlicheres Aussehen verlieh. An Hubal könne er sich gut erinnern. Er sei immer schon verschlagen und hinterlistig gewesen. Dennoch bedauerten die drei sein Dahinscheiden.

Nachdem ich mich aufgewärmt hatte, gingen wir nach draußen; zu den breiten Stufen, die vom Berg hinab führten. Der dichte Nebel hatte sich inzwischen verzogen und die blaue Sonne tangierte gerade den Horizont. Udupati deutete auf eine Sternenkonstellation, die in der nun hereinbrechenden Nacht sichtbar wurde.

„Sieh dort! Die Raute mit den vier Sternen. Etwas links davon siehst du einen ganz hellen und darunter einen kleinen, der nicht so hell leuchtet. Das ist deine Heimatsonne. Dieses Sonnensystem haben wir K'iin und den Planeten Ke'el genannt. Das war das erste Wort, das die Menschen hier gesprochen haben.[13] Du musst wissen: Die, die kamen, waren von ihren Mitmenschen geopfert worden. Sie glaubten, wir seien Götter. Das war der Grund, weshalb niemand zurückkehrte. Sie glaubten sich im Paradies."

Langsam gingen wir die Stufen hinunter. Die Luft war inzwischen schneidend kalt. Meine Augen schienen gefrieren zu wollen. Unter uns lag ein Wald aus jenen weißen Bäumen, die hier heimisch waren. Dazwischen erkannte

---

[13] beide Wörter sind der Mayasprache Yucateco entnommen. K'iin bedeutet „Sonne", Ke'el bedeutet „kalt"

ich Lichter. Der Gedanke an ein wärmendes Feuer und etwas zu essen ließ mich unmerklich schneller gehen, doch Bhaskara hielt mich zurück.

„Nein. Nicht zu den Menschen! Wir leben auf dem Berg. Du, der du nicht wie sie bist, darfst bei uns als Gast bleiben. Hier entlang!" Und er wies auf einen schmalen Pfad, der von der Treppe seitlich abging. Einige Serpentinen hinauf und hinunter und wir standen vor einem Höhleneingang in dem ebenfalls ein Feuer brannte.

Die Bhati hatten offenbar schlechte Erfahrungen mit den Menschen gemacht und ihre Beziehungen eingestellt. Doch das störte mich wenig. Viel zu groß war meine Freude darüber, dass ich gefunden, was ich so lange gesucht hatte. Und doch konnte ich mir die Frage nicht verkneifen, was die beiden Völker getrennt hatte. Da gerade ein melodischer Gesang vom Dorf zu uns heraufdrang, sagte ich zu Bhaskara:

„Ich akzeptiere natürlich, dass ihr die Menschen nicht mögt, aber hör doch den Gesang! Bei uns gibt es ein Sprichwort: Wo man singt, da lass dich nieder, denn böse Menschen singen keine Lieder. Und es stimmt. Ich habe trotz aller Kriege und Konflikte auf der Erde noch nie von einem Volk gehört, das nicht gesungen hätte. Und wenn man vom Standpunkt der jeweiligen Gruppe ausgeht, ist keine einzige böse. Es sind meist Missverständnisse oder die Habgier Einzelner, die die Konflikte auslösen." Die drei Bhati sahen mich mit großen Augen an. So etwas hatten sie von einem Menschen nicht erwartet. Sie fragten mich nach meiner Bildung und ob ich in meinem Land so etwas wie ein Priester sei. Ich verneinte und erläuterte meinen Gastgebern, dass die Maximen und Prinzipien der Freimaurerei in meiner Familie hochgehalten würden und dass diese uns zu Toleranz und Humanität erziehen würden. Das wurde von meinen Zuhörern wohlwollend aufgenommen und sie meinten, dass ich wahrlich auf dem richtigen Weg sei. Den Grund für ihre Zurückhaltung gegenüber den Eingeborenen wollten mir meine neu gewonnenen Freunde zu einem späteren Zeitpunkt erklären. Nun aber sei es an der Zeit, sich auszuruhen.

Beinahe schon in Schlaf versunken, bekam ich noch mit, wie Udupati und Drapsa miteinander diskutierten. Es war wieder jene Sprache von vorhin, die ich nicht verstand. Bald schon kam auch Bhaskara wieder in die Höhle und zischte flüsternd: *„In has aulas sanctas ultionem nun scis!* Viel mehr noch, da unser Gast aus der gleichen Gegend stammt wie jener Sohn der Witwe, der diesen Leitsatz schuf, sollen jene Worte hier und heute gelten. Also nehmt euch selbst am Riemen und züchtigt eure ungestüme Jugend!" Was für ein seltsamer Ort das war. Ich wollte zwar noch weiter überlegen, was dieser Satz bedeuten könnte, aber Morpheus´ Zauber übermannte mich endgültig.

In den darauffolgenden Tagen zeigten mir die Bhati die nähere Umgebung. Wenn die Eingeborenen den Tempel besuchten, beobachteten wir sie heimlich durch das Löwenfenster. Dabei fiel mir auf, dass die hier lebenden Menschen ihre eigenen Priester stellten und wirklich niemand mit den Bhati in Kontakt trat. Bei einer ihrer obskuren Zeremonien hielt der Schamanenpriester mit schwarzer Farbe getränkte Pinsel in seinen Händen. Trommeln schlugen rhythmisch und Hörner luden mit blasphemischem Geschrei zu Tanz. Der Priester drehte sich ekstatisch im Kreise und streifte mit den Pinseln Holztafeln, die seine Novizen um ihn herum hochhielten. Als er dann erschöpft und schweißgebadet niederbrach, wurden die so entstandenen Bilder von den anderen Priestern durch eine Art archaischer Pareidolie interpretiert. Wieder fragte ich nach dem Grund der Separation der Bhati von den Menschen und Drapsa vertröstete mich abermals auf die nächsten Tage. Die Neo-Eingeborenen, die sich selbst Wilancha nannten, schienen mir von vorindustriellem Entwicklungsstatus zu sein, was mir meine Gastgeber auch bestätigten. Es waren die Nachfahren der geopferten Maya, doch daran konnte sich niemand von ihnen mehr erinnern. Sie beteten den größten und stärksten Jäger dieses Planeten an: den Eislöwen! Ein solches Tier hatte ich noch nie gesehen und daher führte Drapsa mich am darauf folgenden Tag in die Ebenen unterhalb der Nordflanke des Bergmassivs. Weit entfernt vom Dorf der Wilancha. Dort warteten wir bis zur Abenddämmerung.

Drapsa deutete in Richtung der untergehenden Sonne und flüsterte:

„Sieh! Dort ist einer."

Da stand er tatsächlich, wenige Meter vor uns: der legendäre Eislöwe! Gute zweieinhalb Meter Schulterhöhe und ein glänzend weißes Fell. Die Krallen schimmerten in eisigem Blau, ebenso seine Augen. Aber das faszinierendste war seine prächtige Mähne. Die Mähnenhaare waren transparent und das Licht brach sich in ihnen, sodass um das Haupt dieses edlen Tieres ein Kranz aus Regenbogenfarben aufflammte. Dieses Phänomen zeigte sich immer dann, wenn diese extraterrestrische Großkatze zwischen dem Betrachter und der Sonne stand. Es war mir völlig klar, weshalb die Wilancha diese Tiere, die sie *Kurmi* nannten, als Götter verehrten. Als der Eislöwe unserer Anwesenheit gewahr wurde, zog er die Lefzen hoch und knurrte. Doch Drapsa ging auf ihn zu, verband sich mit seinem Geist und befahl dem Tier, sich zurückzuziehen. Ich staunte nicht schlecht, was Drapsa ein wissendes Lächeln kostete. Wir setzten uns auf einen kleinen Felsen um den Eislöwen weiter zu beobachten. Dabei begann mein Begleiter zu erzählen:

„Unsere Fähigkeit, mit anderen Wesen auf telepathische Weise in Kontakt zu treten, war uns in diesem Fall Fluch und Segen zugleich. Wir sprachen die Sprache der Wilancha, waren ihnen technologisch weit überlegen und konnten überdies noch mit ihrem heiligen Tier kommunizieren. Das machte uns in ihren Augen zweifellos zu Göttern. Anfangs wollten wir unser Wissen mit ihnen teilen, doch wir erkannten bald, dass ihr geistiges Potenzial – und ehrlich gesagt auch deines – nicht ausgereift genug war. Die Gier regiert deine Spezies und mithilfe der Unwissenheit macht ihr vieles zunichte. Die Wilancha erkannten eines Tages, dass wir keine Götter waren. Sie verloren ihre Ehrfurcht – die wir nie von ihnen verlangt hatten – und wollten unser Wissen mit Gewalt erwerben. Zunächst versuchten wir, ihnen zu erklären, dass Wissen allein zu gefährlich sei, dass zusätzlich Erfahrung und Besonnenheit notwendig wären, dass selbst eine beschleunigte Entwicklung ihre Zeit brauche. Gleichwohl, es half nichts. Die Wilancha griffen uns an, töteten viele meiner Brüder und Schwestern. Wir verteidigten uns und während einer großen Schlacht erbeuteten die Menschen eines unserer Sternenschiffe. Freilich konnten sie mit der Technologie nicht umgehen und so stürzte das Schiff nach kurzem Flug über unserer Hauptstadt ab. Die Explosion vernichtete alles in weitem Umkreis."

Er machte eine Pause. Die Stille drückte schwer auf mein Herz. Zum Glück sprach er weiter:

„Ihr Menschen seid erst einen Augenblick von jenem Punkt entfernt, an dem ihr von den Bäumen stiegt. Der brodelnde Lavasee primitiver Gewalt wird lediglich von einer dünnen Kruste aus Zivilisation bedeckt. Ein jedes unerwartete Ereignis lässt sie erneut aufbrechen und ihr werdet zu den zügellosen Wilden, die sich zielstrebig und mit berserkerhafter Sturheit selbst vernichten."

Diese Worte deprimierten mich, denn ich wusste im tiefsten Inneren, dass er mit seiner Aussage über uns Menschen recht hatte. Drapsa war nach dem schrecklichen Krieg gegen die Wilancha mit seinen beiden Kollegen auf Ke'el zurückgeblieben. Die übrigen Bhati hatten die Menschen als nicht belehrbar abgestempelt und waren weitergezogen. Tiefer in den Weltraum. Bhaskara, er war der älteste der drei Bhati, vertrat die Ansicht, dass in uns Menschen das Potenzial stecke, uns zu Höherem zu entwickeln. Einige waren tatsächlich gelehrsamer. Sie wurden zu den ersten Lehrern ausgebildet. Im Lauf der Zeit wurde daraus eine Priesterkaste. Die Wilancha vergaßen, was vorgefallen war und aus Tatsachen wurden Legenden. Die Priester hüteten das Geheimnis und die Bhati unterstützten sie dabei. Immer in der Hoffnung, dass die Menschen auf Ke´el eines Tages den entscheidenden Punkt in ihrem Kollektivbewusstsein überschreiten würden, der sie noch von der Erkenntnis trennte.

Mir selbst wurde dahingehend von den dreien ein gutes Zeugnis ausgestellt. Ich sei auf dem besten Weg, jedoch solle ich nicht von meinen Mitmenschen, die noch nicht so weit wären, enttäuscht sein. Auch dürfe ich sie niemals aufgeben. Schmunzelnd meinte ich dazu, dass mir sehr wohl bewusst sei, wie langsam sich das Eichhörnchen er-nähre. Doch das verstanden sie trotz ihres fortgeschrittenen Intellektes nicht.

Bei all den Gesprächen vergingen die Tage wie im Flug und obschon ich mich auf dem Eisplaneten sehr wohl fühlte, wuchs in mir das Heimweh. Dabei gab es ein Problem: Das Tor im Brunnen des Tempels funktionierte – anders als das Mondtor – grundsätzlich nur in eine Richtung. Das lag an der horizontalen Positionierung dieses Portals. Man konnte nur von der Erdenseite Dinge hindurchbringen. Und solange es nicht jemand von Mexiko aus künstlich offenhielt – so wie ich es unwissentlich und kurzfristig mit dem Lot getan hatte – war dieser Weg versperrt. Für meine Rückreise musste ich also ein anderes Tor nehmen. Das einzig passende Portal, das noch auf Ke'el stand und funktionstüchtig war, befand sich in den Ruinen der alten Hauptstadt. Jedoch war der Weg dorthin lang und führte durch das Gebiet der Wilancha. Aus diesem Grund schlugen die Bhati ein Wunder vor: Wir würden uns den Aberglauben der Einheimischen zunutze machen und im Schutz eines Löwenrudels durch ihre Ländereien ziehen. Die Menschen würden nicht wagen, uns zu attackieren; falls sie unser überhaupt gewahr werden würden. Bhaskara betraute Ch'òoj, den mächtigen Rudelführer der hiesigen Eislöwen, mit dieser Aufgabe. Ich durfte auf einem jüngeren Tier reiten, während sich die Bhati auf ältere setzten. Mit ohrenbetäubendem Gebrüll, das den ganzen

Berg erzittern ließ, sprintete das Rudel im Morgengrauen los. Ch'òojs Mähne überstrahlte den Weg vor uns und so erkannte ich kaum, wohin der wilde Ritt führte. Zu unseren Seiten erkannte ich schemenhaft die Häuser der Wilancha und hin und wieder einige ehrfürchtig Kniende. Als das Dorf hinter uns verschwand, ließ meine Aufmerksamkeit nach und ich schlief im rhythmischen Takt des Laufens auf dem Rücken meines Reitlöwen ein. Sein weiches Fell tat sein Übriges dazu, dass ich so gut schlief, wie schon lange nicht mehr.

Ich erwachte, als mein Löwe das Tempo reduzierte. Wir waren mehrere Stunden geritten und die blaue Sonne stand hoch am Himmel. Um uns herum lag eine trostlose Ebene; übersäht mit skelettartigen, toten Bäumen, die wie Mikado-Hölzer kreuz und quer lagen. Am Horizont erhoben sich, einem Bergmassiv gleich, die Ruinen der alten Bhati-Stadt. Bhaskara verlangsamte den Schritt seines Tieres weiter und kam an meine Seite.

„Das ist Ashraya, unsere Hauptstadt. Oder zumindest das, was von ihr übrig ist. Tausende starben in ihren Straßen als das Schiff damals abstürzte. Zum Glück blieb der Torraum erhalten. Schon heute Abend wirst du wieder auf deiner Erde sein. Hier entlang!"

So trabten wir an den Stadtrand, wo wir uns von den Eislöwen trennten und zu Fuß weitergingen. Anhand der Dimensionen schätzte ich die ehemalige Einwohnerzahl auf mindestens 100.000 Personen. Die Ruinen erhoben sich wie die Felsnadeln, die ich im osmanischen Kappadokien gesehen hatte. Nur, dass sie hier in dieser fernen Welt aus Marmor und Eis zu bestehen schienen. Sanddünen verwischten die Übergänge und gaben der ganzen Szene einen fluiden Charakter. Aus dem Sand glitzerten immer wieder Kristalle hervor. Sie, so wurde mir erklärt, wurden einst mittels Elektrizität zum Leuchten gebracht und erhellten so die Straßen bei Nacht. Es gab weder eine Stadtmauer noch sonstige Verteidigungsanlagen. Wozu auch? Die Bhati waren immerhin davon überzeugt, dass sie den gestrandeten Menschen Frieden und Weisheit bringen würden. Man konnte die frühere Pracht dieser Stadt des Wissens noch erahnen, doch an den Gesichtern meiner Begleiter sah ich, dass auch für sie Schmerz und Tod noch präsent waren.

Der Torraum befand sich – so wie auf dem Mond – in dem unterirdischen Teil einer Ruine. Drapsa erklärte mir, dass in diesem Gebäude damals die astronomischen Wissenschaften betrieben worden waren. Trostlos war es, hier zu gehen, wo vor hundert Jahren oder mehr so viele Bhati ihr Leben lassen mussten. Im Torraum angekommen überprüfte Udupati, der schon damals hier gearbeitet hatte, die Funktionstüchtigkeit des Sternenportals.

„Es wird dich in die Nähe deiner Heimat bringen. Der ursprüngliche Raum auf der Erde ist im Lauf der Jahrhunderte von Menschen verbaut worden, doch es gibt eine Geheimtüre, die sich leicht öffnen lässt. Sollte dies nicht mehr möglich sein, komm zurück und wir finden einen anderen Weg!"

Udupati schilderte mir genauestens, wie ich auf der Erde den Ausgang finden würde. Schließlich sagte ich den liebgewonnenen Bhati Lebewohl. Drapsa schenkte mir zum Abschied eine Kette aus Mondkristallen, von Udupati erhielt ich Schriftrollen, Karten und einen Beutel voll Goldmünzen und Bhaskara überreichte mir eine kleine Kristalltafel, in der das höchst realistische Bild eines Eislöwen schimmerte.

„Wir nennen es Holographie. Und darauf ist Ch´òoj, der König der Eislöwen abgebildet. Wir wünschen dir eine gute Reise und vielleicht sehen wir uns irgendwann wieder."

Ich hängte mir die Kristallkette um den Hals, verstaute die übrigen Geschenke in meiner Tasche, umarmte die drei noch ein letztes Mal und schritt durch das Portal.

Auf der anderen Seite war es warm, roch modrig und ich sah die Hand vor meinen Augen nicht. Lediglich die Mondkristalle spendeten mir ein feines, schwaches Glimmen, mit dem ich mich zu der geheimen Öffnung tastete. Der Mechanismus gab nach und ich stand in einem großen Kamin. Zum Glück brannte darin kein Feuer. Der Raum, den die Feuerstelle normalerweise zu heizen pflegte, maß etwa 10 mal 30 Meter und schien mir mittelalterlichen Ursprungs zu sein. Fahles Mondlicht erleichterte mir die

Sicht auf fünf oder sechs quadratische Säulen, die die Mitte des Raumes stützten.

Als sich die Geheimtür hinter mir schloss, wandte ich mich noch einmal um und las eine Sentenz in den Kaminsims eingraviert:

„Quantumvis non homo sum scilicet, tamen humani nihil a me alienum puto." [14]

Das kam mir irgendwie bekannt vor, andererseits aber auch nicht.

Ganz wie Udupati beschrieben hatte, fand ich an der nächstgelegenen Schmalseite eine breite Holztür, durch die ich über drei Stufen in einen weiteren Saal hinunterstieg. Dieser war kürzer, jedoch ebenso breit wie der vorherige. Zwischen den zwei Reihen aus je sechs Säulen lagerten Kisten und Fässer. Offenbar wurde dieser Raum als Vorratslager genutzt. Ich fand sowohl Schinken, Käselaiber, Wein und Brot, als auch Nägel, Werkzeug und Kleidertruhen. Entgegen der guten Sitten bediente ich mich. Mein Hunger rechtfertigte meiner Meinung nach diesen Diebstahl. Allzu lange wollte ich ohnehin nicht bleiben. Immerhin wusste ich zu diesem Zeitpunkt nur, dass ich wieder auf der Erde war. Wo genau, war mir unbekannt. Nachdem ich das gegenüberliegende Ende des Vorratslagers erreicht hatte, stand ich erneut vor einem großen

---

[14] Obschon ich natürlich kein Mensch bin, erachte ich mir dennoch nichts Menschliches als fremd.

Holztor. Dieses war allerdings verschlossen. Rechts daneben entdeckte ich eine offene Holztür, die eine Wendeltreppe nach oben hinter sich verbarg. Durch eine Schießscharte in der Mauer konnte ich schemenhaft das Meer erkennen. ‚Vielleicht bin ich in Italien oder Kroatien‘, dachte ich mir. Nach drei weiteren schmalen Fenstern und einer verschlossenen Seitentür stand ich in einem Vorraum, der endlich ins Freie führte. Ich stand in einem klösterlichen Kreuzgang. Salzige Luft umschmiegte meine Wangen und ich weinte vor Glück. Eine Glocke schlug viermal. Eine andere zweimal. Also früh morgens. Ich war voller Tatendrang und Energie! Auch wenn ich von dem erklärten Plan abweichen musste, hatte ich doch eine grobe Vorstellung, wo ich war. Ein Kloster am Meer. Also musste ich nur am Ufer entlang und würde bald auf ein Dorf, wenigstens eine Schenke oder Ähnliches treffen. Also eilte ich gegen den Uhrzeigersinn den Kreuzgang entlang, vorbei an drei großen Fensterbögen hin zum nächsten Durchgang. Ein Innenhof, was für ein Labyrinth. Mehrere Treppen führten hinauf und hinunter. Meine Wahl fiel auf den abwärts führenden Weg. Aus dem Treppenhaus kam ich in einen Prunksaal und erkannte in der mir gegenüber liegenden Ecke die verschlossene Holztür wieder, hinter der sich die Wendeltreppe befand. Ich war im Kreis gelaufen! Ein großer Bogen zu meiner linken führte einen schmalen Gang entlang. Einige Windungen später öffnete sich vor mir eine lange Galerie; am Ende wieder Stufen hinunter. Und als die Glocken halb drei schlugen fand ich mich in einem Gebeinhaus wieder. Eine Sackgasse. Ich drehte um und nahm eine andere Treppe in der Galerie. Die führte endlich zu einer unversperrten Tür, hinter der mich die sternenklare Nacht begrüßte. Es war angenehm kalt und mein Atem dampfte regelmäßig.

Rundum hörte ich das Meer rauschen und von weiter unten ertönte der typische Klang von zechenden Menschen in Tavernen. Noch nie zuvor war ich so froh darüber gewesen, weinschweres Grölen zu hören und selbst nicht betrunken zu sein. Als ich mich umwandte, erhob sich vor mir das enorme Mauerwerk des sakralen Baues, aus dem ich gerade gekommen war. Die Kirche und die angrenzenden Klostergebäude kamen mir nicht bekannt vor und so huschte ich in Richtung der feuchtfröhlichen Gesänge. An einer Mauer musste ich anhalten. Tief unter mir erkannte ich die Dächer des Dorfes und die Lichter aus den Fenstern. Noch trennten mich gut 50 Meter steilen Felsens von meinem nächsten Etappenziel, doch erneut war mir das Glück hold: Etwas, was ich zunächst als Mauerstrebe zu erkennen glaubte, entpuppte sich bei genauerer Untersuchung als altertümlicher Lastenaufzug. Mit einer solchen Mechanik hatten die Mönche in früheren Zeiten Waren des täglichen Gebrauchs in das Kloster transportiert und konnten dennoch den Kontakt mit dem profanen Pöbel auf ein Minimum reduziert halten. Diese schräge Rampe war mein Weg zurück in die Zivilisation. Je näher ich dem

Gelächter und dem melodischen Gesang kam, desto befremdlicher kamen mir die Worte vor. Das war nicht Deutsch. Das war … Ja! Das klang Französisch. Ich war also in Frankreich. Hoffentlich war während meiner Abwesenheit kein Krieg zwischen unseren Ländern entbrannt. Das wäre höchst unangenehm! Ich musste es riskieren; huschte flink durch schemenhaft beleuchtete Gässchen. Immer leicht bergab. Meine Entscheidung fiel schließlich auf eine Taverne am Ortsrand. „La Mère Poulard" – was meines Wissens so viel wie „Die Mutter des Masthühnchens" hieß. Wie auch immer. Meine Kenntnisse der französischen Sprache mussten voll und ganz herhalten. Colette, die Wirtin, argwöhnte wohl, weshalb zu so später Stunde noch ein Gast auftauche. Ich behauptete, auf Pilgerreise zu sein. Dies und zwei meiner Goldmünzen beruhigten sie vollends. Ich bekam einen Laib Brot, Käse, einen Krug Wein und Schinken mit auf mein Zimmer und nach vielem Kratzbuckeln seitens der Wirtsleute war ich endlich alleine in der einfachen, holzgetäfelten Kemenate. Die Tür wurde von mir nicht nur verriegelt, sondern auch mit einem Stuhl blockiert. Immerhin wollte ich nicht, dass meine wertvollen Geschenke während meines Schlafes Beine bekamen.

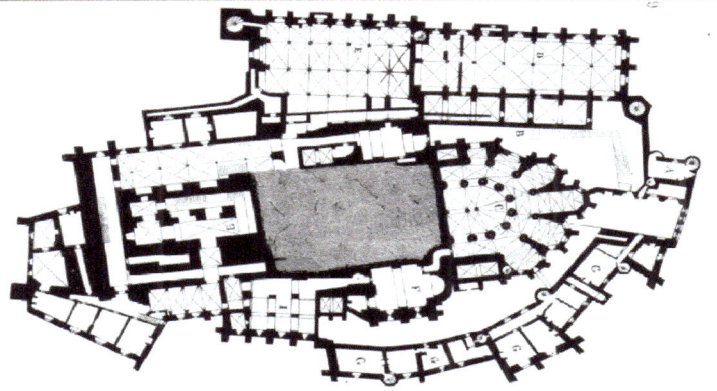

Doch meine Sorgen waren unbegründet. Am nächsten Morgen weckten mich winterliche Sonne, Hahnengeschrei und lebhaftes Treiben auf der Straße unter meinem Fenster. Zwischen Tee und Rühreiern erfuhr ich einerseits, dass ich offenbar ganze 20 Tage auf dem fremden Planeten zugebracht hatte, denn es war bereits der erste Advent! Und andererseits, dass ich in dem Örtchen Saint Michel gelandet war. Am Fuße des gleichnamigen Klosters in der Normandie. Genauer gesagt liegen Dorf und Kloster auf einer kleinen, felsigen Insel an der Küste und man kann bei Ebbe trockenen Fußes auf das Festland gelangen oder bei Flut mit einem Boot. Der Wirt fuhr täglich hinaus, kontrollierte seine Fischreusen und erntete Muscheln. Das ganze Dorf schien mir wie aus einem Märchen. Die lieben Christenmenschen dieses Eilands behandelten mich, da ich als ein zahlungspotenter Pilger auftrat, wie einen Fürsten und die französische Gastfreundschaft ließ keine Wünsche offen. Durch Miel, die Wirtstochter, wurde ich nicht nur kulinarisch, sondern auch optisch verwöhnt.

Ihr blondes Haar war zwar meist zu einem Knopf gebunden, jedoch entwischten immer wieder einige Strähnen und schmiegten sich gülden um ihren weißen Hals. Sie trug ein schlichtes blaues Kleid aus grobem Leinen, darunter eine weiße Bluse, die genügend Einblick bot, und hoch geschnürte Lederschuhe. Mit glitzernden Augen fragte sie mich in ihren Arbeitspausen immer wieder dies und das und jenes, aber ich habe nichts davon im Gedächtnis behalten. Nur ihre zierliche, sommersprossige Nase und diesen herrlichen Mund, der so sehr zum Küssen einlud. Sie brachte mir Austern und Wein, Brot und Käse. Ihre Mutter schalt sie einen Faulpelz, weil sie mich so langsam bediente, aber ich genoss jede Sekunde. Leider blieb es nur beim Küssen. Mehr lehnte Miel traurig ab und meinte, dass gerade die Engländer anwesend seien. Vielleicht war mein Französisch zu schlecht, oder ich habe es falsch verstanden. Jedenfalls konnte ich beim besten Willen keine englischen Gentlemen im Gasthof entdecken. Ja sogar das ganzen Dorf war frei von Briten.

Nach drei Tagen dringend notwendiger Erholung begann ich dennoch meine Heimreise. Ich zahlte den Wirtsleuten die Zeche und küsste Miel in einem unbeobachteten Augenblick zum Abschied. Hans wäre bestimmt stolz auf mich gewesen. Mein Weg führte mich zunächst zu Pferde bis nach Rennes, danach in der Postkutsche nach Le Mans. Das regelmäßig unregelmäßige Rumpeln und Ruckeln der Equipage ließen mich alsbald einnicken. Dabei zog sich die vorbeifließende Landschaft bis in meine Träume, um sich dort mit den weiten Weiten von Ke'el zu vermischen. In Le Mans bestieg ich die Eisenbahn, die mich über Paris, Straßburg und Stuttgart bis nach München brachte. Schließlich folgten noch Salzburg, Linz und Melk auf meiner Route, bis ich endlich am ersten Weihnachtsfeiertag wieder mein geliebtes Wien erreichte. Die 1.700 Kilometer von der Atlantikküste bis nach Hause hatten mich fast ebenso viel Zeit gekostet wie mein Aufenthalt auf Ke'el.

Na, das war ein Hallo, als ich – inzwischen vollbärtig und mit guten 15 Kilo weniger auf den Rippen – bei der Haustür hereinspazierte. Mutter heulte, Madita heulte. Vater hatte zumindest feuchte Augen von der trockenen Winterbrise. Ich hatte seit drei Monaten als verschollen gegolten, nachdem Marcelino alleine aus dem mexikanischen Urwald zurückgekehrt war. Daher erklärte man meine Rückkehr kurzerhand zum Weihnachtswunder. Immerhin glaubten mir diesmal alle meine unglaubliche Geschichte, denn die Mitbringsel überzeugten sie allesamt. Seither steht Ch'òojs Bildnis auf dem Kaminsims, die Kristallkette ziert den Hals meiner Schwester und mit dem Gold konnte ich meine Zukunft um einiges ruhiger gestalten.

So endete schließlich mein Abenteuer auf Ke'el, dem Planeten des Eislöwen.

Vaters Reise

The fading flower
whispers softly
tales of death
and former glory.
A tear is shed
for every pedal
leaving without haste
the hanging head.

Wenn ich damals geahnt hätte, auf was ich mich da einlasse, welch tragisches, erschreckend schönes und erstaunlich friedliches Abenteuer ich erleben würde, ich glaube, ich hätte abgelehnt. Aber zum Glück war ich damals noch voll der unwissenden Unschuld. Und so begann alles:

Es war im Herbst ´60. Mein Vater hatte seinen 82. Geburtstag still und friedlich gefeiert. So wie immer. Er mochte das ganze Tamtam nicht, das andere um diesen Tag machten. Er hatte Mama, uns Kinder, Schwiegerkinder und Enkel zum Essen eingeladen. Am Stadtrand hatte ein neues asiatisches Restaurant eröffnet. Dort gingen wir hin. Vater verweigerte seit Jahren jegliche Geschenke mit der Begründung, er nenne genug Trödel sein Eigen und sollte er wider Erwarten etwas benötigen, habe er auch die entsprechenden finanziellen Mittel, um diesem Bedürfnis eigenhändig nachzukommen. Nichtsdestoweniger bekam er von unseren Kindern selbst gemalte Zeichnungen. Er war der perfekte Opa, denn er wusste mit dem nötigen Ernst und dem richtigen Maß an Schmunzeln, die Werke zu kommentieren.

„Oh, was für ein schönes Bild. Und die Technik. Ausgezeichnet. Das muss teuer gewesen sein. Was? … Selbst gemalt? … Du? … Nein! … Unglaublich! So ein Meisterwerk sollte im Museum hängen. Oder in einer Ausstellung. Vielen Dank, meine Kleine!"

So ging es dahin. Wir aßen, lachten, schwelgten in Erinnerungen und fuhren am Spätnachmittag nach Hause.

Eine Woche später rief Vater mich an. Er habe etwas Dringendes mit mir zu besprechen und ich solle doch bitte unverzüglich zu ihm kommen. Mein Terminkalender erlaubte mir die Erfüllung dieses Wunsches und ich fuhr zum Haus meiner Eltern. Der Altweibersommer wärmte noch angenehm, Mutter stand in der Küche und bereitete leise vor sich hin summend das Mittagessen vor.

„Wirst du zum Essen bleiben? Ich mache Gemüselasagne. Es ist genug für alle da."

Die Einladung nahm ich gerne an. Vater saß im Garten im Halbschatten des alten Apfelbaums. Mit jedem Windhauch fielen einige der goldgelben Blätter zu Boden und auf den kleinen Gartentisch, an dem unser Familienoberhaupt über Bücher und Karten gebeugt war. Feine Rauch-schwaden aus seiner Pfeife hüllten ihn ein. Irgendwie er-innerte er mich an die blaue Raupe aus dem Wunderland. Als er mich sah, stand er auf und umarmte mich.

„Hey, mein großer Krieger! Hast du wieder einem promi-nenten Patienten die Zähne gerichtet? Ja? Gut. Komm und setz dich! Wusstest du, dass dein Urururgroßvater als Junge immer auf dieser Platane da drüben saß und den Kaiser beobachtete? Ja, ja. So alt ist dieser Baum. Aber da-rum bist du nicht hier. Ich muss gestehen, ich habe zuerst mit deiner Schwester gesprochen. Ich dachte, es würde ihr besser passen, aber sie musste dringend zurück nach Luxor. Eine Ausgrabungsstätte wurde durch einen Sand-sturm verschüttet und sie will retten, was zu retten ist. Dein kleiner Bruder ist in der Firma eingespannt und hat auch keine Zeit. Du aber bist dein eigener Chef und kannst es sicherlich einrichten."

Ich schaute ihn fragend an. Ehrlich gesagt war ich ein we-nig enttäuscht, dass er mich als Allerletzten um einen Ge-fallen bat. Doch ich kannte Vater gut genug, um zu wissen, dass ihm derartige Feinfühligkeiten immer schon völlig fremd waren. Zu sehr war er in seiner eigenen Welt einge-bettet. Ich schluckte also meinen Groll hinunter und hörte ihm zu. Er sah geheimnistuerisch Richtung Terrassentür, lehnte sich zu mir und flüsterte:

„Deine Mutter darf es nicht erfahren. Es ist ein Geheimnis. Ein Abenteuer! – Und du sollst mich begleiten."

Bevor er mich in seinen Plan einweihen wollte, musste ich auf Maurerwort verbindlich zusagen. So war mein alter Herr. Selbst mit über achtzig noch aktiv und wissensdurstig. Abenteuerlustig und ständig von Fernweh geplagt. Er meinte immer, man müsse unendlich viele Pläne für die Zukunft haben. Je phantastischer, desto besser. Denn was, wenn einmal ein Plan in Erfüllung gehe und man stände dann da – ohne Aufgabe, ohne Sinn? Ja, so war er. Und darum sagte ich auch zu, ihm bei seinem Abenteuer beizustehen. Meine Zahnarztpraxis lief gut und mein Kollege würde sicherlich ein paar Tage ohne mich auskommen. Und überhaupt: Was konnte das schon für ein Abenteuer sein, mit einem achtzigjährigen Pensionisten?

Er führte mich in seine Bibliothek. Pfeife rauchend stand er vor seinen Bücherregalen und zog schließlich einen großformatigen Atlanten heraus. Er blätterte zur Ansicht von Indien und meinte:

„Hierhin werden wir reisen, mein Junge. Nach Indien. Und von dort weiter über Nepal nach Tibet. Vielleicht auch an Nepal vorbei. Kommt drauf an, wie die Straßen sind. Jedenfalls wird unser Ziel Tibet sein. Da gibt es einen Berg, auf dem Shiwa persönlich gewesen sein soll. Er ist aber nicht nur den Hindus heilig, nein, auch den Buddhisten und vielen anderen Glaubensgemeinschaften ist dieser Berg wichtig. Ich will dorthin und das letzte Geheimnis erforschen. Und du, junger Padawan, wirst noch viel mehr lernen. Vielleicht ist es Schicksal, dass gerade du mich begleitest. Dass gerade du, der so in dieser Welt verhaftet ist, diese Erkenntnis erlangen wirst. Du musst stark sein. Stärker als jemals zuvor. Und dann – schließlich – wirst du an deine Geschwister weitergeben, was du gelernt hast."

Er grinste verschmitzt und ich wusste, auf was er anspielte. Als hätte er bereits von Anfang an geplant gehabt, mich zu fragen, zeigte er mir mein Flugticket nach Delhi. Meiner Frau hatte er bereits gesagt, ich würde ihn auf einen Kongress nach England begleiten. Das war übrigens auch für alle anderen seine Standardausrede. Ein Kongress der Royal Kipling Society zum wasweißich wievielten Jahrestag von irgendeinem Roman von Rudyard Kipling. Vater war ein derart perfekter Schwindler, dass er jede Frage zu diesem Treffen beantworten konnte.

Wo? „Natürlich in Sussex! Wo sonst?!"

Wie viele Teilnehmer? „Also wir sind die einzigen Österreicher, aber insgesamt sind über einhundert Personen geladen." …

Ich war da viel schlechter und meinte immer nur, dass ich es nicht genau wisse und man doch lieber Vater fragen solle. Er war immer schon so. Und das liebte ich an ihm. Er war nie ein Vater wie alle anderen gewesen. Wenn andere Väter auf dem Spielplatz auf ihre Schützlinge aufpassten und miteinander über Fußball oder so redeten, war mein Vater mit uns Kindern auf dem nächsten Baum oder spielte mit uns. Wir suchten Schätze und erforschten fremde Stadtviertel. In unserer Phantasie wurden Wohnhäuser zu Steilklippen und Hofeinfahrten zu Grotteneingängen in unterirdische Welten. Ganz so wie bei Jules Verne. Er erzählte oft von seinen Reisen in ferne Länder und wir saßen mit offenen Mündern davor, staunten über die fremden Sitten und Gebräuche. Ella, meine ältere Schwester, war deshalb sogar Archäologin geworden.

Wie auch immer. Die Reise sollte in zwei Wochen beginnen. Vater hatte bereits alle notwendigen Visa-Anträge gestellt und so musste ich nur noch meinen Rucksack packen. Nicht zu viel Kleidung, da wir einen großen Teil unserer Reise zu Fuß zurücklegen würden. Nur leichtes Marschgepäck. Alles Übrige würden wir unterwegs kaufen.

Drei Tage vor unserer Abreise schenkte er mir noch ein Buch aus seiner Sammlung: Hesses „Siddhartha". Seine Erstausgabe von 1922! Ich war sprachlos. Warum sollte er mir eines seiner Lieblingsbücher schenken? Aber ich war nicht der Einzige. Ella bekam Nietzsches „Zarathustra" und mein kleiner Bruder Ansgar bekam Gibrans „Prophet". Alles Erstausgaben aus Vaters persönlicher Sammlung.

„Weil ihr meine Kinder seid und ich euch über alles liebe", meinte er nur. Aber da war mehr. Mir fiel auf, dass ein Großteil seiner Bibliothek von seinem Heim in die Loge gewandert war.

„Ich habe diese Bücher schon Dutzende Male gelesen und nun sollen sie andere Geister erhellen. Und nun geht! Hinaus, hinaus! Und vergesst nicht: Immer lächeln und tanzen!"

Das mit dem Lächeln und Tanzen sagte er immer, wenn ein Wiedersehen in absehbarer Zeit unmöglich schien. Es war seine Art, uns Kindern zu sagen, wir sollten nicht traurig sein. Ich konnte das nie. Ich fand es eher blöd und kindisch, wenn Vater beim Abschied – selbst in aller Öffentlichkeit – zu tanzen begann. Wie Sorbas. Fürchterlich peinlich.

Da ich ohnehin nichts aus ihm herausbekommen konnte, ließ ich es dabei bleiben und bereitete mich geistig auf unsere Expedition in den Himalaja vor.

Die Reise

Vater schätzte meine Frau sehr und sie bewunderte ihn. Wir hatten uns sogar über Vater kennengelernt. Sie war in der gleichen Abteilung wie er gewesen. Er hatte ihr die Tricks und Kniffe der Diplomatie beigebracht, die in keinem Handbuch stehen, jedoch für einen exzellenten Vertreter Österreichs unerlässlich sind. Ich schätze, darum hatte sie ihm gerne dabei geholfen, meine Reise im Geheimen zu planen.

Wir machten uns also auf den Weg nach Delhi. Die Air-India-Maschine startete in Wien bei Regen und 15 Grad, um knappe sieben Stunden später auf dem indischen Sub-kontinent bei bedecktem Himmel und immerhin 32 Grad zu landen.

Die Reise selbst war unspektakulär. Weder spannend noch aufreibend. Weder erfreulich noch unerfreulich. Bar jedweder Erinnerung, die es wert gewesen wäre, zukünftig erhalten zu bleiben. Das Einzige, was war, ist, dass die Zeit verging. Zeit, die ich mit meinem Vater verbrachte. So, wie ich es schon seit Jahren nicht mehr getan hatte. Dies, so kommt es mir jetzt, kann letzten Endes doch als erfreulich verbucht werden.

Und dann begann das Abenteuer:

Delhi ist schräg. Also so richtig schräg. Bunt ist ein Hilfs-ausdruck. Laut, heiß und permanent. Egal ob Tag oder Nacht, es ist immer grell, bunt, laut und heiß. Ein überdi-mensionaler Ameisenhaufen aus Millionen von Men-schen, die auf der einen Straßenseite Sekt und Kaviar ge-nießen und sich auf der anderen Straßenseite zum Sterben hinlegen. Der Tod ist hier so normal und alltäglich wie bei uns vor zweihundert Jahren.

Wir akklimatisierten uns einen Tag lang und gingen noch-mals alle wichtigen Punkte unserer Reise durch. Ich ver-suchte, nicht zu schmelzen, und trug nur ein T-Shirt, dünne Wanderhosen und dünne Trekkingschuhe. Vater hatte seinen beigen Leinenanzug an. Mit dem Panamahut und dem Gehstock sah er ein bisschen aus wie ein Plantagenbesitzer. Das war mir peinlich. Ihn störte es überhaupt nicht. Er weigerte sich stur, seinen Stil zugunsten klimatischer Adaption aufzugeben.

„Niveau sieht nur von unten aus wie Arroganz! Und wenn mich die Menschen nur nach meinem Äußeren beurteilen, sind sie es ohnehin nicht wert, dass ich mich mit ihnen abgebe. Noch dazu kenne ich diese Menschen nicht und werde sie mit hoher Wahrscheinlichkeit nie wieder sehen. Und jetzt lass uns weitergehen. Wir brauchen eine Rikscha, die uns zum Busbahnhof bringt."

Und damit war alles gesagt. Unsere Reise sollte uns zunächst nach Osten Richtung Nepal führen. Zum Grenzort Bhajanpur. Der Bus wurde nur noch von Rost und Lackfarbe zusammengehalten. Mehrere indische Götter mussten ihre schützenden Hände über dieses Vehikel halten. Die Straßen waren lediglich ein Netzwerk aus Schlaglöchern und der überfüllte Bus schwankte wie ein alter Krabbenkutter. Ich saß wie eine Ölsardine eingepfercht zwischen meinem Vater, der einen Fensterplatz ergattert hatte, und einer Inderin mit einem Korb lebender Hühner auf dem Schoß. Ich musste mich zusammenreißen, um mich nicht permanent zu übergeben. Vater genoss es. Er war der geborene Abenteurer. Wie ein kleiner Junge zeigte er ständig auf irgendwelche Dinge, die an uns vorbeirumpelten. Wasserbüffel, Tempel, Menschen, Menschen in Tempeln, Gegend. Sechs quälende Stunden später, der

Abend kündigte sich bereits an, erreichten wir unser Etappenziel Moradabad. Der Busfahrer ließ den Motor lautstark absterben und die Passagiere strömten aus dem Gefährt heraus.

Vater und ich waren unter den Letzten, die ausstiegen. Er streckte sich durch, nahm eine kräftige Nase voll Landluft und meinte nur:

„Ah, herrlich! Ist das nicht schön hier? Ich wünschte, deine Mutter könnte das sehen."

„Nein. Sie würde sofort in Ohnmacht fallen. Hast du gesehen? Da hinten verwest irgendein Tier und es stinkt bestialisch hier."

„Ach, Schnickschnack! Das muss so sein. Wir sind hier schließlich nicht in Österreich! Komm, wir suchen uns eine Herberge!"

Und schon stapfte er los. Ich schüttelte den Kopf und verfluchte mich innerlich, dass ich mich von meinem alten Herrn zu dieser Reise hatte überreden lassen. Wir fanden eine Taverne, Vater erkundigte sich nach Essen und einem Zimmer. Der Besitzer, ein rundlicher Inder mit rot gefärbtem Bart und fettfleckigem Hemd, bot uns mit seinem zahnlosen Grinsen beides an. Er führte uns in den Hinterhof zu einem einfachen Zimmer. Er schloss die Tür auf und drehte den Lichtschalter.

Dämmriges Licht flackerte auf, um den Blick auf den Raum freizugeben. Ein modriges Bouquet aus feuchter Erde, Kellerschimmel und Verwesung wachte standhaft über dieses Etablissement. Kellerasseln und Kakerlaken flüchteten in die dunklen Ecken. Der Wirt hielt uns den Schlüssel entgegen.

„Good room? Only room, u know. We 'ave big festival here. No other room 'vaiable. You want?"

Noch bevor ich etwas sagen konnte, hatte mein Vater bereits den Schlüssel gegen einige Banknoten getauscht und stellte seine Reisetasche auf das klapprige Bett.

„Yes, good room! We take it. Could you prepare some food for us?"

Freudig nickend entfernte sich der Wirt und ich versuchte, meinem Vater zu erklären, dass man gar nicht genug Impfungen haben konnte, um in diesem Zimmer gesund zu bleiben. Er jedoch winkte ab und erzählte mir von seiner Expedition durch das Zentralgebirge von Malaysien.

„Damals waren wir zu Fuß von Kuala Lumpur quer über die Halbinsel gewandert. Und in der Mitte war ein Gebirge. So hoch wie unsere Alpen, aber voller Urwald und es war auch wärmer. Kein Schnee! Stattdessen Teeplantagen. Und Warane lebten dort. So groß wie ich selbst. Also nicht in den Plantagen, aber in Urwald rundherum. Man durfte nicht in den Seen schwimmen, weil die Viecher auch schwimmen können und das wäre zu gefährlich gewesen. Dort saß ich eines Tages auf der Toilette und wie ich da so sitze, glotzt mich plötzlich eine riesige Kröte an. Hockt direkt vor mir! Und hätten wir keine Moskitonetze um unser Bett gehabt, die Insekten hätten uns bei lebendigem Leib gefressen. Zum Glück lebten auch Geckos und Skorpione in unserer Hütte. Die fressen nämlich die Moskitos. Und die Skorpione sind für Menschen nicht tödlich. Ist nur wie ein Wespenstich. Außer, man ist allergisch. Dann hat man Pech. Aber sonst. Und dann war da noch unser Landlord. Ein malaysischer Rastafari. Ohne Rastalocken, aber dafür mit einer Gitarre umgehängt und in seinem Jutebeutel hatte er ständig eine Whiskeyflasche. Stell dir vor, er trank jeden Tag zwei von diesen Fuselflaschen! Und wenn er auch in seinem Delirium nichts mehr wusste, eines behielt er doch im Gedächtnis: die Namen und Herkunftsländer seiner Gäste. Als wir zu seinem Haus kamen, saßen da ein paar junge Leute auf der Veranda und er stellte neuen Gästen wie uns jeden von ihnen vor: ‚OK. This is Paul form England; this is Mai Ling from China, this is Sam from Canada; …'

Und dann trafen wir Jungle-Jim."

Ich kannte die Geschichte bereits. Wir alle kannten alle Geschichten. Wenn man danach ging, was unser Vater alles erlebt hatte, hätte er eigentlich drei Leben haben müssen. Stellen Sie sich vor, wie erstaunt wir Kinder waren, als wir erfuhren, dass nichts davon geflunkert war. Dass er wirklich von A nach B rund um die Welt gereist war. Nur was er dabei wirklich gemacht hatte, erzählte er nie. Da war er immer ernst geworden und hatte geschickt das Thema gewechselt. Mama wusste es, glaube ich. Wie auch immer. Jetzt saß ich mit ihm mitten in Indien in einem modrigen Zimmer. Wenn man hautnah in einem von Vaters Abenteuern steckte, war es nicht mehr ganz so glanzvoll.

Wir machten uns also frisch – sofern das in dieser Umgebung überhaupt möglich war – und gesellten uns zu den Einheimischen in der Taverne, um eine Kleinigkeit zu essen. Was wir da genau zu uns nahmen, kann ich nicht sagen. Es war ein Curry. So viel stand fest. Es war Gemüse drin und irgendeine Art von Fleisch. Und es war scharf! Unsere Augen tränten und der Wirt servierte uns lachend Lassi mit Safran und Rosenwasser, um die Schärfe zu mildern. In dem Joghurtgetränk war noch etwas Anderes, das ich nicht zuordnen konnte. Ich tippte auf Kardamomblätter. Vater schloss nachdenklich die Augen, kostete abermals und begann zu grinsen.

„Nein. Kein Kardamom. Eher Cannabis. Ich frage nach. – Sir? The lassi tastes like cannabis. Am I right?"

"Yes sir! U 'ave good taste! It will calm the burnin tounge. Want more?"

Wir lehnten dankend ab. Nach unserem Mahl erkundigte Vater sich die Reisemöglichkeiten nach Norden betreffend. Der Fluss, der Indien und Nepal hier trennte, hieß

Mahakali. Den würden wir morgen erreichen. Und man konnte mit etwas Glück auf dem Gewässer ein Stück weit nordwärts fahren. In Bhajanpur befanden sich ein Staudamm und die Grenzbrücke nach Bhim Datta in Nepal. Etwas weiter flussaufwärts könne man eventuell mit einem Händler mitfahren.

Das klang nach einem Plan. Vater machte einige Notizen und entlohnte unseren Wirt für die Informationen. Spät in der Nacht fiel ich in einen traumlosen Schlaf und wurde gefühlte Minuten später von Vogelgezwitscher und Straßenlärm geweckt. Vater war schon aufgestanden und stand mit nacktem Oberkörper rasierend vor einem matten Spiegel. Ein großflächiges, etwas in die Jahre gekommenes Tattoo einer Maori-Meeresschildkröte zierte seinen Rücken. Ein Schutzgeist für Reisende. Ich sah ihm zu und meinte mich in meine Kindheit zurückversetzt. Vor gefühlten Ewigkeiten hatte ich neben ihm im Bad gestanden. Er rasierte sich und ich wollte mich auch rasieren. Er nahm die Klinge heraus und reichte mir das entschärfte Badezimmerutensil. Vorsichtig verteilte er Rasierschaum auf meinen Wangen und zeigte mir die korrekten Bewegungen. Ich war damals so stolz gewesen. Und nun saß ich mitten im Nirgendwo und mir wurde bewusst, wie sehr wir uns seit damals auseinandergelebt hatten.

Ein bescheidenes Frühstück später saßen wir wieder in einem rumpligen Bus und schaukelten weiter der Sonne entgegen. Bhajanpur begrüßte uns mit einem verregneten

Trommelkonzert auf den windschiefen Blechhütten. Der Wind spielte dazu auf den Palmen und in den schlammigen Pfützen glitzerten ölige Regenbögen. Das hiesige Postamt konnte uns Auskunft über die Transportmöglichkeiten auf - beziehungsweise neben dem Fluss geben. Tatsächlich gab es genügend LKW-Fahrer, die flussauf und flussab pendelten, jedoch war dieser Nebenfluss des Ganges nur bis hierher schiffbar. Weiter flussauf gab es zu viele Stromschnellen und Untiefen. Allerdings führte die alte Poststraße den Fluss entlang nach Norden. Der Briefträger klapperte die kleinen Dörfer und Klöster auf dieser Strecke regelmäßig ab und mit ihm könne man sicherlich gegen entsprechendes Entgelt mitfahren. Unsere Weiterfahrt verzögerte sich bis zum Eintreffen des Postautos. So saßen wir dann den ganzen Nachmittag lang am Ufer des Mahakali unter einem Palmenverschlag und genossen eine Tasse Tee. Vater zog seine Augenbrauen fragend zusammen und murmelte in seine Tasse:

„Wo ist die Grenze?"

„Also Nepal ist gleich auf der anderen Seite des Flusses. Tibet muss da hinten bei den Bergen sein. Aber das weißt du doch."

„Ja, ja. Ich meine nicht diese Grenze. Ich denke über das letzte Baustück nach. Erinnerst du dich? Es ging um Glück, Zufriedenheit und eben die Grenzen. Ab wann sind wir glücklich? Was ist notwendig, um Zufriedenheit zu erlangen? Als ich jung war, verdiente ich gerade genug für die Miete und einen vollen Kühlschrank. Und was will man denn mehr? Du weißt, dass ich es immer befürwortet habe, dass du Zahnarzt wirst, dass Ella Archäologin ist; dass Ansgar als Bauunternehmer sein Glück macht. Aber wenn eines meiner Kinder gesagt hätte: ‚Papa, ich will Müllmann werden, oder Verkäufer, oder was weiß ich was ...‘, ich hätte euch ebenso unterstützt. Weil es wichtig ist, dass man glücklich und zufrieden in seinem Beruf ist. Geld ist wichtig, keine Frage. Aber mindestens ebenso wichtig ist es, dass man sich wohl fühlt. Dass man Erfüllung findet in dem, was man tut. Ansonsten wäre die Arbeit sinnlos und von schlechter Qualität. Und jetzt frage ich mich, wo meine Grenzen sind. Ich stehe am Ende meines Lebens und was kann man schon in den Ewigen Osten mitnehmen? Es heißt zwar, dass mit dem Tod die Erinnerungen gleich einer Träne im Strom der Zeit verschwinden, aber das bedeutet ja nicht, dass sie vollkommen verloren sind. Die Träne im Ozean ist noch immer da. Sie ist nur nicht mehr in ihrer ursprünglichen Form vorhanden. Dann habe ich überlegt, dass dieser Satz tatsächlich stimmt. Gedanken und Erinnerungen sind nichts als elektrische Impulse in unserem Gehirn. Elektrizität ist Energie und die kann nicht vernichtet werden, nur umgewandelt. Was wir also mitnehmen, sind unsere Gedanken, unsere Erinnerungen und all das, was uns geistig ausmacht. Ich habe alles im Leben erreicht, was man nur erreichen kann.

Ich habe eine wundervolle Ehefrau, die ich doch tatsächlich noch immer liebe wie am ersten Tag. Und das nach 45 Jahren! Ich habe drei tolle Kinder. Ich habe beruflich viel erreicht und genieße meine Pension. Eigentlich fehlt nur noch die Erleuchtung."

Nun hatte ich Vaters Plan verstanden. Er wollte in dieses eine bestimmte Kloster, weil er sich nach Erleuchtung sehnte. Er redete noch ein wenig weiter, aber ich schlief vom monotonen Rauschen des Flusses ein.

Am Abend trafen wir dann Lomri, den Briefträger. Er war ein junger Mann von knapp 30 Jahren und sehr stolz auf seinen Post-LKW. Er hatte ihn in Azur lackiert und mit Bildern von Hanuman und Shiva verziert. Das Fahrzeuginnere roch nach Wunderbäumen und war erstaunlich sauber. Lomri war sehr interessiert an uns und wusste mehr als die Standardattribute Österreichs – Mozart, Schwarzenegger, Vienna – zu nennen. Er war einmal sogar in Graz gewesen, weil er irgendeinen Verwandten oder Bekannten dort gehabt hatte. Daher bot er uns die Mitfahrt bis zum Postamt Syankuri für wenig Geld an. Die knapp 270 Kilometer würden wir in drei bis vier Tagen bewältigen. Von dort aus könnte uns sein Kollege die Kailash-Straße zum Narayan-Aschram und von dort weiter in das 60 Kilometer entfernte Dorf Gunji bringen.

Zeitig am nächsten Morgen ging es los. Die schmale Schotterstraße schmiegte sich elegant an die höher und höher werdenden Berghänge. Die tropische Vegetation war einer eher alpinen gewichen. Wenn ich mir die Bilder heute so ansehe, könnte man meinen, ich wäre mit Vater das Ennstal entlang gefahren, oder zum Achensee, oder durch die Yppstaler Alpen nach Mariazell. Ich verstand damals, warum die Filmemacher aus Bollywood immer wieder unsere kleine Alpenrepublik für ihre Dreharbeiten wählten. Ich bemerkte Vater gegenüber diese Ähnlichkeit und er packte wie immer sein Allgemeinwissen aus.

„Unser Edelweiß hat seine Vorfahren auch hier in dieser Gegend. Nun ja, etwas nördlicher, wenn ich nicht irre, aber was machen schon ein paar Kilometer in dieser herrlichen Unendlichkeit. Alexander der Große ist auch bis hierher gekommen. Damals waren sie mit Pferden, Kamelen und Elefanten unterwegs und wir beschweren uns über kaputte Autositze und schwache Federungen. Vielleicht kann man hier noch Elefanten mieten. Was meinst du? Nein! Ich weiß. Nur ein phantastischer Gedanke. Lomri fährt gut."

Unser Fahrer hatte seinen Namen gehört und wusste offenbar, was das deutsche Wort gut bedeutet. Daher rief er grinsend:

„Yeehs! Lomri is a good man driver! Driving letters and things to monastry as they want. First we go to butiful temple of Jai Phatakshilla Baba. You like it, I'm sure! Wanna listen good Indian music?"

Und schon jaulten uns die schönsten Bollywood-Schnulzen aus dem Autoradio entgegen. Die Straße wurde besser, die Musik blieb gleich. Unendlichkeiten später erreichten wir den Tempel, der von Pinien geschützt auf knapp 2.000 Metern lag. Anders als bei uns war es hier allerdings wärmer. Meine blutenden Ohren waren froh, eine kurze Pause von der Musik zu bekommen, und ließen sich vom monotonen Murmeln der Mönche beruhigen. Sogar hier gab es noch Touristen. Sehnsüchtige Europäer auf der Suche nach dem, was ihnen der Westen nicht bieten konnte. Verkappte Aussteiger auf der Suche nach Erleuchtung. Als ich sah, dass hier auch richtige Reisebusse herkamen, machte ich meinem Vater gegenüber meinem aufgestauten Ärger Luft. Warum mussten wir mit klapprigen Rostschüsseln über Umwege durch diese gottverlassene Gegend fahren? Zu Hause hätten wir auch Berge und schöne Wälder.

Mein alter Herr sah mir in die Augen und meinte nur, dass unter anderem der Weg eines der Ziele sei. Dann zeigte er mit seinem knochigen Finger auf die Hippietouristen und meinte:

„DIE glauben alle, dass sie gegen den Strom schwimmen und sooo unangepasst sind. Aber soll ich dir etwas verraten? Ein kluger Mann hat einmal gesagt: ‚Wenn alle gegen den Strom schwimmen, fließt der Fluss vom Meer den Bergen zu.' ICH habe nicht vor, gegen den oder mit dem

Strom zu schwimmen. ICH schwimme an Land und gehe zu Fuß."

„Wer hat das gesagt mit dem Fluss, der zu den Bergen fließt? Gandhi? Hawking? Oder Spock?"

„Spotte nicht!"

„Von wem?"

„Von mir."

„Von DIR? Das war ja klar! Weißt du, du quillst so sehr über vor Selbstbewusstsein und hältst dich für das Zentrum des Universums. Aber das bist du nicht! Du bist ein toller Vater, ein toller Opa und du warst einmal ein toller Auslands-wasweißich. Aber nicht einmal uns Kindern hast du je verraten, was du da gemacht hast. Du hättest vom internationalen Staubsaugervertreter über Pilot bist zum Supergeheimagenten alles sein können, aber da warst du dann wieder bescheiden und hast immer nur gesagt, du seist im Auftrag des Herrn unterwegs. Das macht es so schwer, dich einzuschätzen. Als Kind war mir das egal. Aber als Erwachsener. Du bist nicht kategorisierbar. Einerseits weiß ich, dass du uns – deine Familie – über alles liebst, andererseits behauptest du, du seist ein Misanthrop. Einerseits bestellst du im Gasthaus immer als Letzter, damit dein Essen ja das günstigste ist und du uns Bescheidenheit vorleben kannst, andererseits kostet dein Siegelring mehr als ein Kleinwagen. Und jetzt zitierst du dich schon selbst? Was soll das?"

Ich war fertig. Das musste einmal heraus. Vater sah mich ruhig und gütig an. So, wie er es immer tat. Dann nahm er mich in den Arm, küsste meine Stirn und sagte nur: „Lomri wartet. Wir müssen weiter."

In den folgenden Tagen kamen wir noch zu einigen anderen Tempeln. In meinem Notizbuch habe ich unter anderem einen Ort namens Shaani Mandir notiert. Das Essen dort war so bunt wie die Götter. Ein Regenbogen schien fahl dagegen. Und dieser Duft! Ich kann es nicht in Worte fassen! All die mir unbekannten Gewürze. Und Vater ging durch den Markt als lebte er hier schon seit Ewigkeiten. Einerseits konnte ich dieses Verhalten nicht ausstehen. Diese Überheblichkeit. ‚Ich kenne jeden Fleck der Erde! Bla, bla, bla!' Jedoch andererseits faszinierte er mich. Meine Gefühle waren so uneins wie nie zuvor. In Shaani Mandir verließ uns gezwungenermaßen unser Fahrer. Seine Tour endete und er musste zurück ins Postzentrum. Wir hatten Lomri inzwischen lieb gewonnen und verabschiedeten uns mit herzlichen Umarmungen und dem Versprechen, ihm von unserer Weiterreise zu berichten, sobald wir wieder in der Heimat waren. Zum Abschluss zeigte er uns noch eine günstige Busverbindung weiter nach Norden, stieg in seine knallbunte Rostschüssel und fuhr hupend und winkend seines Weges.

Wie dem auch sei. Unsere Reise führte uns gemeinsam mit einer Gruppe von Neo-Hippies durch die dichten Wälder von Tarkeshwar Mahadev Mandir, wo die Pilger und

Gläubigen tausende Glöckchen in die Äste hängten. Immer schon. Seit Anbeginn der Zeit, um die Götter zu ehren und böse Geister zu vertreiben. Ein Klingklang, als würden kleine Feen zwischen den Baumstämmen um die Wette fliegen. Sosehr sich mir die Existenz eines Gottes – die reine Gottesvorstellung selbst – in jeglicher Form seit jeher entzogen hatte, so sehr die von mir favorisierten felsenfesten Argumente stets dagegensprachen – seien sie nun physikalischer oder psychologischer Natur –, so sehr musste ich mir eingestehen, dass die Anbetung Gottes in ihrer Reinheit und kindlichen Unschuld Blüten von solcher Pracht hervorzubringen vermochte, dass mein Herz wahrlich gerührt wurde. Alleine die christlichen Choräle, oder die Liebesdichtung der Sufis sind es wert, dafür einen Gott zu erfinden.

Im Dunst des Morgens stellten Spinnen allerorts ihre zierlichen Gewebe orientalischen Tuchhändlern gleich zur Schau und man hatte beim Durchstreifen des Waldes Mühe, dies filigrane Tagwerk nicht aus Unachtsamkeit heraus zunichtezumachen.

Und aus dieser engen Naturverbundenheit kamen wir dann wieder zu Tempelanlagen wie dem Baleshwar-Tempel, der ganz profan direkt in der Stadt neben dem Elektromarkt steht. Der Hinduismus hat nicht nur Platz für alle Arten von Göttern, sondern auch Spielraum für alle Formen der Auslegung. Bei uns hätte man das in früheren

Zeiten Blasphemie genannt und den Elektromarkt abgerissen, aber hier verschmelzen die beiden Gebäude miteinander.

Mein Tagebuch nennt mir dann auch noch Orte wie Jai Balchin Devta, Jai Maa Kokila, Bhagwati Mandir, oder auch Jumma Noula Mandir. Aber mein Gedächtnis hat keine spezifischen Bilder mehr dazu. Zu bunt, zu schrill und zu unbekannt waren all diese Oasen der Zivilisation für mich. Und irgendwann war ein Tempel wie der andere. Götter hier, Götter da, Weihrauch hier, Gebetsmühlen dort. Übernachtet hatten wir in den jeweiligen Postämtern oder in einfachen Gasthöfen. Warum die lokalen Briefträger vor Ort wie unser Freund Lomri nicht die Klöster versorgten, weiß ich nicht. So, wie ich vieles in Indien nicht verstand und daher auch lieber nicht wissen wollte.

Stetig gewannen wir an Höhe und Vater hatte immer öfter Probleme mit dem Atmen. Starke Kopfschmerzen und ein nicht enden wollendes Schwindelgefühl bereiteten auch mir Probleme. Die Einheimischen flößten uns Kräutertee ein und unser Medikamentenvorrat schwand zusehends. Schließlich erreichten wir den Om Parvat im westlichen Dreiländereck zwischen Indien, Nepal und China. Ein wahres Monster von einem Berg. Über 6.000 Meter hoch und von eisigen Winden umtost. Hier, so dachte ich, müsse unsere Reise enden. Vaters Haut war weiß wie der Schnee auf den Gipfeln, die uns umringten, und auch ich war am Ende meiner Kräfte. Aber der sture alte Hund meinte nur, dass wir weiter müssten. Immer weiter nach Nordosten. Wir bewegten uns permanent auf über 4.500 Metern und unsere Körper waren das definitiv nicht gewohnt. Daher war in Burang auch Schluss. Die alte Handelsstation war groß genug, dass wir ein adäquates Hotel fanden, und so sammelten wir eine Woche lang neue Kraft für die Heimreise.

Das Schneejuwel

Es hätte mir gleich verdächtig vorkommen müssen, dass wir ausgerechnet in einem Hotel residierten, das Kailash hieß. Kailash ist der Name eines anderen Berges dort in der Gegend. Vater hatte doch am Beginn der Reise davon erzählt, oder? Seine symmetrisch anmutende Spitze hat die Form einer Pyramide, die ganzjährig mit Schnee bedeckt ist. Daher gilt er bei den Tibetern, die ihn als ein „kostbares Schneejuwel" bezeichnen, als heiliger Berg. Er thront mit knapp 7.000 Metern wie ein König in seinem kleinen Reich. Umspült und umspielt von mehreren Flüssen wirkt er wie seine eigene mittelalterliche Trutzburg inklusive Wassergraben, um jegliche Feindattacke abzuwehren. Und trotz all der Pracht für mich nur ein Berg in einer Reihe von Bergen. Sehr hoch, sehr verschneit und im wahrsten Sinn des Wortes atemberaubend.

Da saß ich also nun mit meinem alten Herrn auf der Terrasse des Kailash Hotels und man sah den Namensgeber in der Ferne. Vater nippte an seinem Tee, steckte sich seine Pfeife an und fragte mich:

„Na? Bist du wieder bei Kräften? Ich schon. Und wenn ich diesen majestätischen Tempel der Götter so vor mir sehe, denke ich, dass wir doch dorthin reisen sollten."

„Warum?"

„Weil dort unser Ziel liegt. Habe ich das nicht erwähnt? Muss mir entfallen sein. Du weißt, ich bin schon alt und vergesslich."

„Papa! Du bist vielleicht alt, aber dass du vergesslich bist, kannst du niemandem erzählen. Ich wäre froh, wenn ich mir so viel merken könnte wie du."

„Das ehrt mich, kleiner Krieger. Und es ehrt mich auch, dass du mich wieder Papa nennst. Das hast du seit Jahren nicht mehr getan. Es war eine gute Entscheidung, dich mitzunehmen."

Es stimmte und ich wunderte mich über mich selbst. Ich weiß gar nicht mehr, wann ich aufgehört hatte, meinen Vater ‚Papa' zu nennen. Irgendwann. In grauer Vergangenheit. Ich versank im Lehnstuhl des Hotels und in meinen Gedanken – und mein Körper tat etwas Unerwartetes: Meine Hand ergriff die meines Vaters. Ich hielt seine Hand und er die meine. So wie früher. In längst vergangenen Kindertagen. Erinnerungen tauchten aus dem Dunkel auf. Erinnerungen an das Vorlesen beim Zubettgehen. Immer hatte er dann meine Hand genommen und am Ende der Geschichte gesagt:

„Schlaf gut, kleiner Krieger! Träum was Schönes! Ich hab dich lieb."

Ich hatte es vergessen. Wie hatte ich das nur vergessen können?

Vater paffte seine Pfeife.

„Habe ich dir eigentlich je erzählt, wie ich deine Mutter kennen gelernt habe?"

„Ja, Papa. Mindestens tausend Mal. Und immer kommt ein neues Detail dazu, andere veränderst du und wieder andere lässt du weg. Wenn es keine Fotos gäbe, würde ich glauben, du hättest dir die Geschichte aus diversen Filmen zusammengereimt."

„Hmm", machte er nur, legte seine Pfeife zur Seite und schlief in der Nachmittagssonne ein.

Der nächste Morgen erwartete uns mit dichten Wolken und eisigem Wind. Vater war fest dazu entschlossen, zum Kailash zu reisen. Wir waren nun in China, was das Reisen nicht gerade leichter machte, obgleich so weit weg von Peking die Macht der Zentralregierung keinesfalls zu unterschätzen war. Es war dem diplomatischen Geschick meines Vaters geschuldet, dass wir eine Reisegenehmigung erhielten. Der Vorteil war, dass da von hier aus natürlich auch die Straßen unter chinesischer Aufsicht waren. Gut asphaltiert und wenige Schlaglöcher überzeugten auch mich, dass wir die letzten hundert Kilometer auch noch schaffen würden. Im Übrigen war ein Flughafen in der

Nähe, von dem aus wir nach dem Besuch des Schneejuwels zügig in die Zivilisation zurückkommen würden. Uns wurde ein Reiseleiter zur Seite gestellt. Herr Lan. Er war quasi unser Aufpasser. Will heißen, er passte darauf auf, dass wir nicht an den falschen Orten Rast machten und – Schockschwerenot – mit Leuten sprachen, die die chinesische Regierung nicht über den Klee hinaus lobten. Die Landstraße schlängelte sich nordwärts zwischen zwei Seen hindurch. Dem Sonnensee im Westen und dem Mondsee im Osten. Der eine von den Göttern gesegnet, der andere von einem dunklen Dämonenkönig beherrscht. Für mich klare, wunderschöne Naturjuwele inmitten dieser unwirklichen Bergwelt.

In der Ortschaft Baga machten wir an einer Tankstelle Rast, nur um eine Stunde später an unserem Tagesziel Bagaxiang in einem Motel einzuchecken. In meines Vaters Jugendjahren waren hier viele Touristen unterwegs gewesen, aber die letzten Dekaden hatten andere Ziele erstrebenswerter gemacht und die Region war wieder in ihren Dornröschenschlaf gesunken.

Der Kailash war zum Greifen nahe und Herr Lan bedeutete uns, dass es ab hier nur noch zu Fuß weitergehe. Vielleicht hoffte er, dass wir umkehren würden, aber Vater beharrte auf sein Ansinnen, den Berg im Gebet zu umrunden. Ganz, wie es tibetische Tradition sei.

Im Nachhinein war es eine glückliche Fügung, dass unser Führer kein sehr dienstbeflissener Staatsbeamter war, denn er zuckte mit den Schultern und meinte nur:

„If u want walkin round the mountain, u may go. I don't care. I keep wait here for u come back soon, ok?"

So machten wir uns auf. Zunächst auf dem unvollendeten Pilgerweg, den die Chinesen vor Jahren begonnen hatten, dann weiter auf den alten Pfaden. Neben uns immer wieder Tibeter, die ausgestreckt auf dem Boden liegend zu ihrem heiligen Berg beteten. Wir wanderten an der Westflanke entlang, stets im Uhrzeigersinn um den Berg. In der dünnen Luft verlor ich dennoch mehrmals die Orientierung. Rechts der Berg, links ein Fluss. Sein Wasser bestand aus Milliarden und Abermilliarden von Diamanten. Zu beiden Seiten hörten wir nun beständig und unregelmäßig das Donnern von Lawinen. Halluzinationen, Kopfschmerzen und Erschöpfung zehrten an meinen letzten Kraftreserven. Vater widerstand diesen Qualen offenbar leichter. Sein Ziel vor Augen war ihm die Quelle seiner Ausdauer. Ich weiß nicht, wie lange wir gingen. Tage oder nur Stunden. Über endlose Almen, vorbei an Yakherden und einsamen Wetterverschlägen für die Hirten. Weiter und weiter ins Herz des Gebirges. Murmeltiere pfiffen uns nach, als seien wir irgendwelche Straßendirnen, Greifvögel kreisten im Aufwind der Berghänge.

Der Wind blies uns kalte Luft mit einem Hauch von Almblumen ins Gesicht. Moosbewachsene Steine, tiefgrüne Wiesen, kristallklare Bäche. Doch schließlich kamen wir im letzten Winkel des Tals zu einem namenlosen Kloster. Seine hohen Steinmauern – rot gefärbt und mit Gebetsfahnen geschmückt – waren der schönste Anblick seit Langem. Im Sattel zwischen zwei kleineren Bergen schien das Gebäude auf den Bergen zu reiten. In seinem Umfeld kleinere Hütten und Stallungen. Hier kleine Felder, dort eine Art Kaufmannsladen. Ein seltsames Bild in fast 5.000 Metern Höhe. Das große, hölzerne Eingangstor des Klosters lag an der Ostseite der Ummauerung und war mit Messing beschlagen. Im linken Torflügel war zusätzlich eine Tür eingelassen, an die wir klopften. Niemand öffnete. Nur monotoner Kehlkopf-Singsang hüllte das Kloster in einen akustischen Kokon und zeugte von der Anwesenheit menschlichen Lebens. Die Gebete malten in meinem Kopf das Bild eines riesigen Bienenstocks. Ich versuchte mich an der Tür und fand sie unversperrt. Im Innenhof fegte ein Mönch in oranger Kutte mit einem einfachen Reisigbesen die jahrhundertelang abgenutzten Steinfliesen. Im Hintergrund sahen wir andere Mönche beim Beten, wieder andere saßen in tiefer Meditation versunken und schienen mir fast wie Statuen.

Der Besenschwinger sah auf und fragte:

„Good day, strangers! What u seek? We no ‚ave many visitor here. Years ago, many tourist come but not now. What u seek?"

Wir verneigten uns ehrerbietig und Vater sprach den Mann in einer mir unbekannten Sprache an. Das Gesagte schien den Mönch zu verwundern. Er blickte mich kurz an, gab Antwort und lächelte mild. Er verneigte sich und bat uns mit einer Geste, ihm zu folgen. Wir wurden zu einem schlichten Zimmer geführt, das uns während unseres Aufenthaltes als Schlafplatz dienen sollte. Zwei einfache Matratzen lagen auf dem Boden. Dazwischen eine Butterlampe, die flackernd und rußend vergeblich versuchte, den Raum zu erhellen.

Die Nacht war kalt und nachdem wir am Morgen unsere steifen Glieder gereckt hatten, gab uns ein Mönch zu verstehen, dass wir nun vom Abt im zentralen Heiligtum des Klosters empfangen werden würden.

Ich staunte nicht schlecht, als ich in dem Mann, der vor einer Buddha-Statue kniete, jenen Mönch erkannte, der am Vortag den Hof gefegt hatte. Wir tranken Tee und aßen Käse. Der Abt erzählte uns vom Klosterleben, den Umwälzungen der letzten Jahre und wie die Zahl der Touristen stetig abnahm. Am Nachmittag erstanden wir einige Talismane, die wir uns um den Hals hängten und die uns vor bösen Geistern schützen sollten. Ich konnte nicht umhin, zu vermuten, dass Vater hier noch immer nicht das endgültige Ziel unserer Reise sah.

Der Tag begann zu dämmern. Ich fand Vater vor dem Kloster auf einer Steinbank sitzend. Seine Augen luden mich voll Güte ein, es ihm gleich zu tun. Er sah der sinkenden Sonne zu und summte:

> *„…I'm stepping throug the door; and I'm floating in a most peculiar way; and the stars look very different today …"*

Dann sprach er mit flüsternder Stimme weiter:

„Weißt du, manchmal muss man, um ein schwieriges Problem zu begreifen und zu lösen, es in mehrere leichtere zerteilen und die einzelnen Erkenntnisse sinnvoll und logisch verknüpfen. Dabei können sich leicht Fehler einschleichen, weshalb man vorsichtig und besonnen handeln sollte. Salz löst sich in Wasser auf und obschon man es nicht mehr sehen kann, ist es noch da. Das Wasser schmeckt salzig und die elektrische Leitfähigkeit des Wassers hat sich verändert. Erhitzt man es, verschwindet das Wasser und das Salz bleibt wiederum zurück. Auch hier ist das Wasser nicht verschwunden. Es hat lediglich seinen Aggregatzustand verändert und ist nun für uns nicht mehr sichtbar. Das eine Verschwinden ist chemischer, das andere physikalischer Natur, doch für den einfachen Geist ist die Erkenntnis eins: Selbst wenn Dinge verschwunden zu sein scheinen, können sie immer noch da sein.

Energie kann weder erzeugt noch vernichtet werden. Sie wird umgewandelt oder auch in Materie gespeichert. Ein

Stück Holz hat ein bestimmtes Gewicht. Verbrennt man es und wiegt danach die Asche, wird sich das Gewicht verringert haben. Der Fehlbetrag ist dem entstandenen Gas, dem Rauch und der entstandenen Energie zuzurechnen. Was geschieht aber mit dieser Wärmeenergie? Sie verschwindet nicht, sondern verteilt sich in der Unendlichkeit des Raums. Sie wird auch in Bewegungsenergie umgewandelt und verursacht kleinste Aufwinde. Sie ist ebenso noch vorhanden, wie ein Glas Wasser, das ins Meer gekippt wurde.

Unsere Gedanken, unsere Erinnerungen und unser Bewusstsein bestehen aus Energie, die zwischen den Nervenzellen unseres Gehirns weitergeleitet wird, chemische Prozesse auslöst, die wiederum Energieimpulse freisetzen.

Was ich damit sagen will, ist: Ich werde sterben. Bald schon. Eigentlich wundert es mich, dass ich noch lebe. Ich habe deiner Mutter nichts gesagt. Ich wollte sie nicht beunruhigen. Das ist auch der Grund für unsere Reise, mein Sohn. Also mein Tod. Ich möchte hier sterben. Dem unendlichen All so nahe wie möglich. Ich habe alles mit dem Abt geklärt und wir haben die Erlaubnis. Du, mein Sohn, sollst Zeuge sein und den anderen davon erzählen. Ich hoffe, dass du es verstehen wirst."

Ich wusste nicht, was ich sagen sollte. Tränen flossen mir über die Wangen und ich umarmte meinen alten Herrn. Er streichelte mir sanft meinen Kopf - so, wie er es immer getan hatte - und flüsterte mir ins Ohr:

„Hab keine Angst! Solange ich bin, ist der Tod nicht. Und wenn der Tod da ist, werde ich nicht mehr sein. Zwar ist das Sterben eine Tatsache, aber der Tod ist nicht existent in meinem Leben; in unser aller Leben. Also wozu sich fürchten?"

„Aber warum tust du mir das an, Papa? Warum zerrst du mich Hunderte Kilometer weit ins Nirgendwo und sagst dann, dass du stirbst? Wer tut denn so was?"

Meine Trauer vermischte sich mit Wut. Das war so typisch er. Er konnte nicht einfach so sterben wie jeder andere. Nein! ER musste in Tibet abkratzen! ER, der Herr Weltenbummler! Wie mich das nervte. Ich brauchte eine Zigarette. Ich stapfte zornig ins Kloster zurück und organisierte mir ein Päckchen indischer Zigaretten von einem der Hirten. Mit dem ersten Zug wurde mir schwindlig. Es war meine erste Zigarette seit fast drei Jahren. Ich setzte mich wieder zu Vater, der sich inzwischen seine Pfeife angesteckt hatte. Die Sonne war verschwunden und die ersten Sterne blitzten am Firmament. Vaters Pfeife glühte rot in der jungen Nacht und so saßen wir da. Rauchend, schweigend.

„Warum ich?", fragte ich schließlich.

„Weil deine Schwester ohnehin mitgekommen wäre. Sie ist für jedes Abenteuer zu haben. Und dein Bruder wäre auch mitgekommen, weil er geglaubt hätte, er müsste es für mich tun. Du bist der Einzige, der stur genug war. Bei dir war die Herausforderung für mich am größten. Du kannst den größten Nutzen daraus ziehen.

Du musstest es sein. Erzähl deinen Geschwistern von diesem Ort und dem, was geschehen wird."

Er blies Rauchringe in die Luft und unbewusst tat ich es ihm gleich.

„Der Tod ist für uns Menschen etwas Unfassbares und Unverständliches. Ein Ereignis, das für uns trotz aller Versuche unerklärlich bleibt. Lediglich Spekulationen und Wunschvorstellungen sind uns ein Trostpflaster auf dieser klaffenden Wunde der Neugier. Denn keiner, der lebt, vermag es, vom Totsein zu berichten und die, die an der Schwelle standen, können nur rudimentär mit den primitiven Krücken unserer Sprache erzählen, was sie dennoch nicht verstehen. Der Tod ist ein fixer Bestandteil des Lebens. Ja, eine unbedingte Bedingung für alles, was lebt. Schon Kaiser Marc Aurel wusste:

„Verachte nicht den Tod, sondern befreunde dich mit ihm, da auch er eines von den Dingen ist, die die Natur will."

Medizinisch wissen wir so gut wie alles über den Akt des Sterbens. Hirntod, Herztod, etc. Aber was ist mit unserem Geist? Unserem Verstand? Unserer Persönlichkeit? Was kommt danach?

Es gibt Theorien, die postulieren, dass unser Bewusstsein nur eine Folge des Am-Leben-Seins sei und somit schlussendlich nur Illusion. Ich persönlich kann das nicht ganz glauben. Mein Ego weigert sich, das, was eine Ilias, eine Mona Lisa oder eine Zauberflöte zu schaffen vermag, lediglich als Illusion hinzustellen. Aber wer weiß?

Das Mysterium des Todes ist jedenfalls eng mit unserem Bewusstsein verknüpft und verbirgt sich geschickt im Nebel der Unwissenheit.

Was tut also der Mensch in einer derart misslichen Lage? In seiner geliebten Ratio verhaftet, die er wie einen schützenden Mantel um sich zieht, am eisigen Wintermorgen der Erkenntnis? Die Vernunft, der schlussfolgernde, logische Verstand, der Schutzwall, mühsam aufgebaut gegen die Barbarei vergangener Tage, gegen unsere archaischen Wurzeln. Werden wir mit dem Tod konfrontiert, schlagen Wellen von Emotionen gegen unseren Geist, ihn zu erschüttern, und wir können nichts dagegen tun. So schwach ist der Mensch. Wie begegnet er also dieser Situation?

Der Tod ist die Richtschnur, die alles miteinander verbindet, der kleinste gemeinsame Teiler jeglicher Existenz.

Nun, nur zu erklären, dass da einer liegt und jedes Zeichens von Leben verlustig geworden langsam verfault, genügt bei Weitem nicht. Der von Natur aus neugierige

Mensch tut demnach das, was er immer schon tat, seit unser Gehirn jene Entwicklung begann, die uns aus der Höhle heraus zum heutigen Status quo geführt hatte:

Wir malen uns Bilder ins Dunkel unseres Geistes. Die Phantasie lässt uns neue Perspektiven kreieren und die Unerträglichkeit des Unwissens mildern. Die Weisen aus altvorderen Zeiten erkannten das und hüllten das Wissen um die Metapher in eine zweite. Sie bedienten sich einer Bildsprache, die der gemeine Pöbel verstand. So entstand beispielsweise das „Am Anfang war das Wort."

Das Wort ist die Übersetzung für das griechische „Logos". Also nicht nur Wort, sondern auch Sinn, Vernunft, Definition, Lehrsatz. Sprich: Mit Metaphern erklären wir uns die Welt, alles darüber und darunter, alles davor und danach. Postmortale Konzepte sind die Grundlage vieler Religionen. Somit kann die Auseinandersetzung mit Leben und Tod als das religiöse Thema par excellence bezeichnet werden. Der Maurer – ob mit oder ohne Schurz – hat erkannt, wie gefährlich die wahre Natur des Wortes sein kann, und schenkt eventuellen Blendern natürlich keine Beachtung.

Und so wird schließlich das Ereignis „Tod" zu einer anthropomorphen Personifizierung. Zu einem bleichen Gerippe im schwarzen Umhang. Mit Stundenglas und Hippe wandelt er unentwegt und außerhalb der Zeit durch die Reihen der Lebenden, jene niederzumähen, deren letztes Sandkorn gefallen ist.

Der Tod, so er personifiziert wird, ist in vielen Kulturen mit Attributen des Schrecklichen belegt. Der Mensch fürchtet den Tod. Eben, weil er so unerklärlich ist. Eine Furcht einflößende Gestalt. Nichts Liebliches haftet ihm an. Ein gefundenes Fressen für Heilsversprecher und findige Ablasshändler.

Nur wenn du an meinen Gott glaubst, wirst du vom Schrecken des ewigen Todes erlöst und wirst wiedergeboren im Paradies. Hier magst du ein armer Schlucker sein, aber gib mir noch dein letztes Hemd, stirb für mich und meinen Gott im Kriege und ich verspreche dir, im nächsten Leben werden für dich Milch und Honig aus güldenen Karaffen fließen. Das erinnert mich an Mephisto und den Ausspruch von Doktor Faust:

„Werd´ ich zum Augenblicke sagen: Verweile doch! Du bist so schön! Dann magst du mich in Ketten legen; dann will ich gerne mit dir gehen!"

Die mannigfaltigen Metaphern des Todes scheinen uns die unabwendbare Tatsache, dass alles einmal endet, ebenso leichter erträglich zu machen, wie die Tatsache, dass das Leben eben doch kein Ponyhof ist. Die Flüchtigkeit eines jeden Augenblicks tritt mit dem Mahnmal des Todes leuchtend hell zutage und gewinnt in fast unendlichem Maß an Wert.

Je stärker wir das Bild also ausschmücken, je mehr Details wir hinzufügen, desto greifbarer wird uns das Unbegreifliche. Terry Pratchett beschreibt in seinem Buch „Gevatter Tod" selbigen und dessen Umfeld sehr genau:

> *„Tods Garten war groß und gepflegt. Natürlich herrschten schwarze Töne vor. Schwarzes Gras wuchs. Schwarze Bienen summten über schwarzen Blumen, die Grabesduft verströmten. An schwarzen Apfelbäumen hingen an schwarzen Ästen Äpfel, die – lasst es mich so ausdrücken: NICHT rot waren."*

Der Schnitter kümmert sich um seine Ernte und ist in diesen Romanen dennoch fast ein Typ wie du und ich. Er hat Hobbys, denen er zwischen seiner Arbeit nachgeht. Er hat einen Diener, einen Lehrling und eine Adoptivtochter. Er hat menschliche Züge.

So können wir uns den Tod besser vorstellen. VORstellen: Wir stellen das konkrete, selbst geschaffene Bild – die Metapher – vor das Unvorstellbare.

In der Maurerei sagen wir: *„Er ist in den Ewigen Osten vorausgegangen."* In den Osten - da, wo die Sonne aufgeht, solange die Erde sich dreht. Hinein ins Licht. Nur von dort aus kann man die vierte Säule sehen, die hier in der materiellen, symbolischen Welt des Tempels lediglich durch ihre Abwesenheit auf sich aufmerksam macht.

Trotz all der Bilder und Erklärungsmodelle, trotz all der Jenseitslegenden, all der sowohl rationalen, als auch emotionalen Herangehensweisen bleibt das Totsein ein letztes und vermutlich auch ewiges Geheimnis. Wir trauern. Nicht um die Person, die nicht mehr unter uns weilt, sondern um uns, weil in unserer Gemeinschaft eine Lücke aufbricht. Wir trauern, weil uns bewusst wird, dass auch wir eines Tages eine solche Lücke hinterlassen werden.

Und nun sitze ich hier, ich armer Tor, und vermisse dich, deine Geschwister und deine liebe Mutter schon jetzt. Man stirbt ja so verflucht langsam und stückchenweise: Jeder Zahn, jeder Muskel und Knochen nimmt extra Abschied, als sei man ihm besonders nahe gewesen.[15] In einem Lederbeutel trage ich bunte Murmeln bei mir. Es sind Augenblicke der Erinnerung, eingeschlossen in Glas. So bewahre ich euch bruchstückhaft vor dem Vergessen, dem gnadenlosen Kompagnon von Bruder Hein. Irgendwann werden alle Murmeln auf der großen Spielwiese verloren gehen. Dann kann sie ein anderer finden und mit neuen Erinnerungen belegen. Immerfort und immerzu."
Ich konnte nichts darauf antworten. Wie auch? Ich zündete mir eine weitere Zigarette an und rückte unmerklich näher an meinen alten Herrn. Dann summte er leise:

---

[15] frei nach Hermann Hesse

"… Though I'm past one hundred thousand miles
I'm feeling very still; and I think my spaceship
knows which way to go; tell my wife I love her
very much she knows …"

Ende und Anfang

Der Mond leuchtete sanft über fernen Gipfeln und wir gingen still zu Bett. An der Schwelle zu traumlosem Schlaf murmelte ich noch:

„Ich hab' dich lieb, Papa!"

„Ja, ich weiß."

Irgendwann im Lauf der Nacht ging mein Vater in den Ewigen Osten. Leise und bescheiden ging er, ließ mich allein zurück.

Am Morgen kamen die Mönche und nahmen ihn mit. Sie wuschen ihn, bahrten ihn auf und stellten ihm drei Tage lang kleine Schüsseln mit Reis und Milch hin. Ein Lama las ihm aus dem tibetischen Buch der Toten vor, um die Seele meines Vaters zum Verlassen des Körpers zu bewegen.

Nach dieser Vorbereitungszeit begann die Bestattung. So, wie es der Wunsch meines Vaters war.

Die Morgensonne hatte den Horizont noch nicht erklommen. Die beißende Kälte der Nacht umschloss meine Seele.

Der Abt des Klosters war in safrangelbes Tuch gehüllt, als er den Hof gefolgt von einigen Mönchen in dunkelroten Roben betrat. Sie legten ihre Sitzmatten im Kreis um die Leiche meines Vaters herum auf, nahmen Platz und begannen mit ihren Gebeten. Vater war in weißes Leinen gehüllt. Sie beteten für seine Seele, die nun – so redete ich mir ein – nicht mehr diese Hülle bewohnte. Als das Gebet endete, hoben sie meinen Vater auf und die Prozession setzte sich in Bewegung. Der Abt trat auf mich zu, legte seine Hand mit väterlichem Trost auf meine Schulter und sagte:

"Death will come to all of us. And thus is - sure - quite more secure than crimson dawn or dusk." Damit wendete er sich um und übernahm die Führung der Prozession. Ausgetreten war der Pfad zu jenem Platz, an dem die Himmelsbestattung vollzogen werden sollte. Kleine Steinhügel – die Einheimischen nannten sie *Lhadse* – standen zu beiden Seiten des Weges Spalier und zahllose Gebetsfahnen flatterten von weiß getünchten *Chörten*[16] herab im eisigen Wind. Ich hatte mich direkt hinter der Bahre eingereiht und jeder Schritt ließ meine weichen Knie wanken. „Sei stark!", sagte ich mir immer wieder.

Wir erreichten ein großflächiges, umzäuntes Areal. Den Leichenacker. Auch *Dodrö* genannt. Wir betraten ihn. Der-

---

[16] Chörten: hügelartiger Kultbau des tibetischen Buddhismus. Lokale Weiterentwicklung eines indischen Stupa.

artige Orte gelten einerseits als Angst einflößende Wohnorte wilder Tiere, böswilliger Geister und des *Durbdag*, des Herrn des Friedhofs und andererseits als segensreiche Kraftplätze, an denen man leicht Verdienste für ein besseres Karma ansammeln kann. Ich hoffte, mein Magen würde das durchstehen. Männer mit weißen Schürzen gingen an mir vorbei. Unweigerlich musste ich an die Loge denken und an Hiram. Es waren Angehörige des Berufsstandes der Domden. Sie gehören einer sehr niederen Kaste an, werden jedoch ob ihrer wichtigen Arbeit respektiert. Ich schloss meine Augen, atmete tief durch, öffnete meine Augen und es war besser.

Die Männer trugen Fleischermesser bei sich. Sie schärften sie an einem Stein. Erste Sonnenstrahlen ließen die Klingen in kaltem Licht glitzern und ich kam nicht umhin, eine gewisse Schönheit in dieser Szene zu erkennen. Doch dann verdunkelte sich der Himmel. Die Geier waren da! Sie wussten genau, was jetzt kam.

Die ersten Schnitte waren rasch gemacht und die inneren Organe wurden zur Seite gelegt. Die Domden beteten leise, während sie schnitten. So wird es den Geiern leichter gemacht. Auf ein Kommando hin wichen alle Beteiligten zurück und überließen den Aasfressern die Bühne. Vom Körper meines Vaters war nicht viel zu sehen. Flügel schlugen, Schnäbel rissen und Hälse reckten. Kreischen, Fauchen, Haken, Beißen im Blutrausch. Gierig zerrten die

Vögel von beiden Seiten an den Därmen, raubten sich gegenseitig die Brocken aus dem Rachen. Gute zehn Minuten dauerte das grausige Festmahl. Schneller, als ich gedacht hatte. Die Domden scheuchten die kreischenden Vögel wieder weg. Lediglich ein blutiges Skelett erinnerte an die Person, die mein Vater einst gewesen war. Die Männer schlugen mit großen Hämmern die Knochen klein. Andere hielten mit langen Stangen die Geier auf Abstand. Sie glauben, dass der Körper nur noch eine leere Hülle ist, und finden daher nichts dabei, während der Arbeit zu lachen und zu tratschen. Meine Toleranz wurde heftig strapaziert.

Dann zogen sich die Domden wieder zurück. Andere Aasvögel gesellten sich zu den Geiern und keine halbe Stunde später erinnerten lediglich kleine Knochensplitter an das, was wenige Augenblicke zuvor geschehen war.

Zum Abschluss wurde der Leichenacker noch dreimal von den Mönchen und mir umrundet. Das bringt angeblich Glück für die Lebenden und die Toten. Die Domden setzten sich an die kleine Steinmauer in den Windschatten und begannen zu essen. Die Mönche kehrten ins Kloster zurück. Ich wurde gefragt, ob ich vielleicht mitessen wolle, aber das war mir dann doch zu viel. Meine Hände und Füße waren eiskalt und schneeschwangerer Wind wehte um mein Gesicht. Ehrfürchtig dachte ich an den Kreislauf des Lebens.

Ich breitete meine Arme aus, lächelte und begann zu tanzen – wie Sorbas.

Es begann zu schneien. Leise. Friedlich.

Epilog

Geehrter Leser!

Ich hoffe, die Einblicke in meine Familiengeschichte haben Sie erfreut und mit Kurzweil erfüllt! Vielleicht haben Sie einige Aspekte bemerkt, die mehr oder weniger auffällig unauffällig platziert wurden. Auf Neudeutsch nennt man das wohl „Easter Egg". Bei diesen Ostereiern handelt es sich um kleine, versteckte Hinweise auf beispielsweise andere Bücher oder Filme, aber auch Dinge aus der Kategorie „Wissen, das die Welt nicht braucht". Quasi eine Hommage an die Kunst selbst.

Falls Ihnen nichts aufgefallen ist, lesen Sie besser nicht weiter. Falls doch, könnten noch einige Fragen offen sein:

1. Um wen handelt es sich bei dem Kriegervolk?
2. Welche Nachricht zum Donnerdrummel wurde aus Paris hinausgeschmuggelt?
3. Wer ist der Pilot?
4. Was haben Marcelino, ein berühmter Schmuggler und ein ebenso berühmter Archäologe gemeinsam?
5. Welche Engländer meinte Miel?
6. Welche Frage wurde hier noch nicht gestellt?
7. Und so weiter und so fort …

Die hoffentlich richtigen Antworten schreiben Sie bitte auf eine Postkarte und hängen diese bei sich zu Hause als Erinnerung an die Wand!

Der Stammbaum der Familie SCHLEH

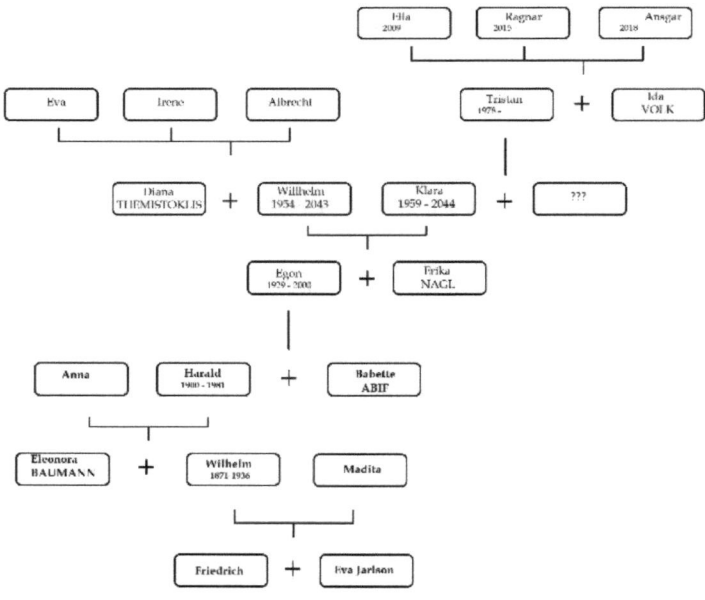

Bildnachweis:

Titelbild:	Rembrandt: Ruhender Löwe, lizenzfrei, abgeändert
Fernrohr:	lizenzfrei, abgeändert
Mond:	lizenzfrei, abgeändert
Diogenes:	Privatbesitz
Eiffelturm:	pexels.com
Hut:	lizenzfrei, abgeändert
Ruinen:	Teobert Maler, 1891, Santa Rosa Xtamapak, Campeche, Mexiko
Cenote:	wikipedia, lizenzfrei, abgeändert
Löwenkopf:	pexels.com
St. Michel:	deu.archinform.net und wikipedia
Gebetsfahnen:	pxhere.com
Mt. Kailash:	Yasunori Koide, CC BY-SA 4.0, Chicago Museum of Asian Art

**von Florian Leitgeb sind bisher
bei BoD erschienen:**

- Gedanken, Gedichte und Geschichten
  (vergriffen)
- Anna Nagl – Ein langer Weg,
  2012, ISBN 9.783.848.204.083
- Gedanken 2.1,
  (vergriffen)
- Der Mann, der König sein wollte,
  2014, ISBN 9.783.732.299.294
- Kurz(e) Geschichten,
  2016, ISBN 9.783.739.210.940

Florian LEITGEB, Jahrgang 1978, lebt und arbeitet in Oberösterreich.

mail: flageiflo@gmx.at